ぐうたらエルフの
のんびり異世界紀行
1
[著者] kimimaro
[イラスト] nyanya

世話焼きな弟子
イルーシャ

ぐうたらエルフ
ララート
もふもふ精霊獣
フェル

異世界でこんないいお肉とお酒が楽しめるとは！
美味しい！
「ダメです！お酒は一杯までにしてください」

ぐうたらエルフののんびり異世界紀行

A lazy elf's leisurely journey in another world

1

[著者]
kimimaro
[イラスト]
nyanya

CONTENTS

A lazy elf's leisurely journey in another world

プロローグ…気高きエルフの守り人

遥かなる辺境、人知の及ばぬ大森林の奥深く。

母なる大樹の膝元にエルフたちの住まう隠れ里がある。

神秘の結界に守られ、穏やかに時を紡いできたこの里が猛火に包まれようとしていた。

「グオアアアアッ!!」

雄叫びを上げ、炎を吐き出す巨竜。

魔力を孕《はら》んだ紅炎はたちまち森を焼き、瞬く間に炭と化した巨木が倒れていく。

その姿はさながら絶望の化身。

里を守るべくエルフたちも必死で矢を放つが、そのことごとくが鱗《うろこ》に弾き返される。

「ありえん、なんだあの硬さは！」

「まさか、風の加護が通じていないのか？」

「いや、そんなはずは……」

鱗の薄い腹を狙い、正確無比に放たれた矢。

特別な黒曜石を鏃《やじり》に使い、風の加護を受けたそれは鉄板程度ならば難なく貫く威力がある。

これまでも多くの獣たちから里を守ってきた矢が全く通用しないのは、エルフたちにとっては想定外であった。

「グァァ?」

「いかん、逃げろ!!」

エルフたちの方へと振り返ると、巨竜は不機嫌そうに鼻を鳴らした。

巨大な顎《あぎと》が開かれ、再び炎を吐き出さんと息を吸う。

——面倒な蠅がいる。

その仕草はどこか気だるく、エルフたちを敵とすら認識していないようであった。

が、一方のエルフは必死だ。

懸命に炎から逃れようと散り散りになって走るが、いかんせん、森は足場が悪い。

ぬかるみに足を取られ、一人のエルフが転んでしまった。

「いやあああぁっ!!」

迫りくる死の気配。

エルフはたまらず絶叫するが、無慈悲なる巨竜は容赦なく炎を吐き出した。

だが次の瞬間——。

「はあああぁっ!!」

巨竜の吐き出した紅い炎。

それをどこからともなく放たれた蒼い炎が押し返した。

熱量で勝る蒼い炎はそのまま巨竜の身体《からだ》にまで達し、その巨体をわずかに退かせる。

「ララート様!!」

やがて白いローブを揺らしながら、若いエルフの魔導師が巨竜の前に悠々と姿を現した。

その姿を見たエルフたちはたちまち歓喜の声を上げる。

里の守り手にして、エルフの紡いできた悠久の歴史の中でも屈指の大魔導師。

〝終炎〟のララートの登場である。

「イルーシャ、急いでその子を避難させて。あとは私がやる」

「はい!」

ララートの指示を受けて、白い獣に乗ったエルフの魔導師イルーシャが逃げ遅れていた少女を回収した。

こうして周囲の安全が確保されたところで、ララートは改めて巨竜の眼を見据える。

「大いなる竜よ。今ここで身を引くならば、その安全は私が保証しよう」

「グアアアオオォッ!!」

「それが答えか」

ララートの問いかけに応じて、巨竜は激しく炎を吐き出した。

熱風が吹き荒れ、木々が根こそぎ焼き払われていく。
しかし、ララートは慌てない。
彼女は木々を足場にして空高く舞い上がると、狙いを定めて杖を構える。
「弾けろ！」
杖の先端から飛び出す蒼炎。
一塊《ひとかたまり》となったそれは宙を切り裂き、たちまち巨竜の頭に当たった。
爆音。
雷鳴を思わせるような重低音が響き、紅い巨体がわずかに揺らぐ。
だがしかし、巨竜は倒れない。
それどころか、その鱗には傷一つついてはいなかった。
竜の威厳を見せつけるかのように、威風堂々とした姿を保っている。
予想を超える敵の頑強さに、ララートは険しい顔をしながら着地する。
「ならば、穿《うが》つまで放つのみ！」
他の種族を圧倒する魔力量を誇るエルフ。
その中でも随一と謳われる魔力に物を言わせ、ララートは次々と炎を繰り出した。
蒼い炎が列をなして巨竜に殺到し、その鱗を穿たんとする。
「グアオオオォッ!!」

しかし、敵もさるもの。

翼を大きく広げると、猛烈な風を起こして炎を吹き飛ばしてしまった。

旋風が吹き荒れ、ララートの小柄な身体が浮き上がろうとする。

「くっ！」

こらえきれずに、そのまま空中へと弾き飛ばされたララート。

彼女は風を操ってバランスを取ると、ドラゴンに向けてまた炎を放った。

炎の弾が正確にドラゴンの頭を撃つが、効果はほとんど見られない。

「思った以上ね……」

顔を歪めながら、ゆっくりと木の上に降り立つララート。

その視線の先には、大樹の根元に広がるエルフの里があった。

結界に守られてはいるものの、あの巨竜ならば苦も無く打ち破るだろう。

そして母なる大樹もろとも、エルフたちの命を蹂躙《じゅうりん》するに違いない。

エルフの里の守り人としてそれを許すわけにはいかなかった。

「グオオオッ！」

「……森への被害もやむなしか」

頭上に手を掲げると、一気に炎の魔力を練り上げる。

たちまち、巨大な炎の塊が現れた。

そこへ己の魔力を溢れるほどに吹き込み、火勢をさらに上げていく。

炎の色が紅から蒼を経て、やがて純白へと至った。

——森を焼き尽くす終末の白炎。

ララートが終炎と呼ばれる所以《ゆえん》たる奥義である。

魔導の秘奥に足を踏み入れたその一撃は、巨城を蒸発させるほどの威力がある。

これを出すということは、いよいよララートも森への被害を覚悟したという証であった。

「滅びよ!!」

必滅の一発。

太陽もかくやという白い炎が、巨竜に向かってゆっくりと落ちていく。

ドラゴンの周囲に生えていた木が、自然と燃え上がりそのまま炭となった。

その刹那、竜の金色の眼が大きく見開かれる。

そして——。

「グオオオオォッ!!」

「喰った?」

あろうことか、巨竜は炎の塊に向かって思い切り噛みついた。

それはさながら、神話の怪物が陽光を喰らうが如く。

その身の本質がこの世の生物ではなく、天上の存在に近い高位の竜だからこそできる芸当であった。

「まさか、古代竜の末裔か？」

最悪の可能性を呟くララート。

そうしている間にも、白炎が魔力へと還っていった。

黄金の粒子となったそれらが巨竜の顎へとみるみるうちに吸い込まれていく。

「グアオオオオオッ！！！！」

やがて光が収まり、新生した巨竜が森に降り立った。

全身に悍《おぞ》ましいほどの魔力が充実し、四肢が一回り以上も太くなっている。

さらに筋肉が巌《いわお》の様に隆起し、より戦いに向いた姿へと明らかな変貌を遂げていた。

鱗の色もより深みを増し、うちに秘めた凶悪さを物語るかのよう。

変貌前ですらララートとはいくらか力の差があったが、こうなってしまっては手の打ちようがない。

「ララート様！　これは……！」

「最悪の事態よ」

少女を里に送り届け、再び戦線へと戻ってきたイルーシャ。

愛弟子である彼女に、ララートは重苦しい口調でそう告げた。

そして彼女は、大きく息を吸って意を決して言う。

「あのドラゴンは炎の概念を支配している。ゆえに普通の炎では燃えない」

「それじゃ……」

「こうなったら、私の命を燃やすしかない」

「ダメです！　そんなことしたら、ララート様が持ちません！　何が起きるかわかりませんよ！」

慌ててララートを止めようとするイルーシャ。

するとララートは、そっとイルーシャに近づいてその身体を抱きかかえた。

そのまま震える背中を撫でて、ゆっくりと母が子に言い聞かせるような口調で言う。

「大丈夫、私は死なない」

「でもぉ……」

「誰かがやらないといけない。なら、その誰かに私がなろう。それがエルフの守り人たるものの誇りよ」

名残惜しさを振り払うように、ララートは素早くイルーシャから距離を取った。

そして遥か高みから自分たちを見下ろす巨竜の眼を見据えて言う。

「待ってくれていたことを感謝する。さあ、存分に喰らうがいい。我が生命の炎を！」

ララートは一気に踏み込み、ドラゴンの懐へと飛び込んでいった。

すると巨竜もプライドがあるのだろう。

大きく翼を広げ、受けて立つとばかりに力強く咆哮する。
たちまち、森を駆けるララートの身体が、金色の炎に包まれた。
——熱い。
苦悶に顔を歪めつつも、ララートは走るのを止めなかった。
そして——。
「今度こそ、滅びよ!!」
その身を炎に焼かれながらも、巨竜の腹に抱き着いたララート。
次の瞬間、巨大な火柱が空を焼くのだった。

第一章…お気楽エルフ爆誕

「うぅ、頭痛い……」

ベッドから起き上がろうとすると、眉間を思い切り何かに押さえつけられるような鈍い痛みが襲った。

無茶して魔力を使いすぎた影響だろうか。

それとも、給料日だからって羽目を外しすぎたせいかな。

「……ん？　給料日ってなに？」

不意に頭に浮かんできた謎の言葉。

全く聞き覚えの無い言葉だというのに、何故だかその意味はしっかりと理解できる。

給料日、それは月末にやってくる素敵な日。

この日を迎えるために、ブラックな社畜生活を毎日頑張っている。

……って、謎の単語がどんどん出てくるな。

給料というものは聞いたことがあるが、あれは人間の国の文化のはずだ。

里でほとんど自給自足の生活をしている私には無縁の概念のはず……。

いやいや待って、私は日本の会社員だったはずだよ！

「……な、なに!?　記憶が混乱してる……！」

ここで再び、強烈な頭痛が襲い掛かってきた。

頭の中を見知らぬ……いや、見慣れた景色が流れていく。

意識がグルグルと渦を巻き、だんだんと何が起きたのか理解できてきた。

そうか、これは前世の記憶だ。

無茶な方法で魔力を捻《ひね》り出し、瀕死になったことで失われていた記憶が戻ってきたらしい。

藤崎彩音《ふじさきあやね》、二十六歳。

都内で限界ＯＬをやっていたが、歩道にはみ出してきたトラックにはねられてあえなく死亡。

溜まっていた有休を消化できなかったことが最大の心残りという寂しい女だ。

「……それがまさか、エルフに転生するとはなぁ」

どうやら、私はいわゆる異世界転生という奴を経験したらしい。

前世の日本でとても流行っていたあれだ、サラリーマンがスライムになったりとかするやつ。

にわかには信じられないが、今の私に前世の記憶があるのだから間違いない。

というか、人格のベースもララートから彩音になっちゃってる気がするな。

何百年と生きているララートに比べて、二十六年しか生きていないというのになかなか自我が強い。

というか、エルフの方が代わり映えのしない生活をしているせいかちょっと自我が弱かったりするのかな？

もっとも、ベースが彩音となってもララートとしての記憶や感覚もきちんと残ってはいる。

何だろう、某国民的バトル漫画の合体技みたいな感じかな？

ララートと彩音が合体してララネみたいな。

うーん、何だかとってもややこしい……。

「というか私、身体も変化してる？」

ふと手を見ると、記憶よりもかなり小さくなっている気がした。

慌てて布団を持ち上げて全身を見回すと、お腹のポテッとしたロリ体型になっている。

ララートさんはもっと、胸はなかったけどスタイル抜群のエルフ美女だったはずだ。

これはもしかして、無茶苦茶な魔法を使った影響かな？

あの魔法、生命力を燃やすから反動でいろいろあるとは聞いたことあるけど、まさか身体が縮んでしまうとは。

ひょっとすると、、魔力の方にも影響があったりする？

そう思って確認してみるが、そちらには特に悪影響はなかったようだ。

むしろ、小さな身体に前以上の魔力が充実していてはち切れそうな感じすらある。

「良かった……。これならとりあえず、今まで通りの暮らしはできそう」

もしも魔力が無くなっていたりしたら、魔導師をやっているらしい今世の私には致命的だからね。

いやいや、ほんとに良かったよ。

「わん、わんわん！」

こうしてベッドの上でほっと息をついていると、部屋に白いわんこが入ってきた。

ええっとこの子は確か、フェルだったっけ？

私が飼っていたペット……じゃなくて、お世話している精霊獣だったか。

とっても賢くて、大きさも自由自在だったとか覚えてる。

普通の犬っぽい姿をしているが、本当は精霊の化身なんだとか。

「むはー、もっふもふ！　柔らかーい！」

私の無事を確認し、すぐさまベッドの上へとやってきたフェル。

その身体を抱きかかえると、私は思いっきりその毛皮に顔をうずめた。

小さな身体が、柔らかい毛並みにすっぽりと埋まる。

長い毛がフワッフワで、ほんとに気持ちいい！

しかも、精霊の化身なので獣臭さなども全くない。

それどころか、森の香りを思わせるさわやかな匂いがする。

「うー、最高！　フェル、このまま一緒に二度寝しようか？」

「わう!?」

そのまま布団の中へとフェルを誘うと、彼は驚いたように身を引いた。

そうか、以前のララートならこんなことやらないからびっくりしちゃったのか。

前の私ももちろんフェルを可愛がっていたけど、こういう感じじゃなかったからね。

私はじたばたするフェルの身体に思いっきり抱き着くと、そのまま布団を掛けようとした。

だがここで……。

「ララート様！　目が覚めたんですね！」

ベッドの上でフェルと戯《たわむ》れていると、綺麗な翡翠色の髪をした少女が勢いよく部屋に入ってきた。

この子の名前は……そうそう、イルーシャ！

私の後継者として、魔法の指導をしながらずっと寝食を共にした弟子である。

長く一緒に過ごしているだけあって、たちまちたくさんの思い出が蘇《よみがえ》ってくる。

こんな可愛い子を弟子として取っているなんて、流石《さすが》は私、なかなかやりおるな。

そんなおっさんみたいなことを考えていると、イルーシャは私の手を握って顔をじーっと覗き込んできた。

まあ、母のように慕う師匠が無茶苦茶をして倒れていたのだから無理もない。

「大丈夫ですか!?　ララート様、あれから三日も眠ってたんですよ！」

「へえ、そんなに長く寝てたんだ」

「そうです！　お身体は大丈夫ですか？　あの魔法の影響か、だいぶ小さくなっちゃいましたけど……」

「んんー、特に気になるところはないかなぁ。むしろ快調かも」

軽く身体を動かしてみるが、特に不調はない。

魔力も先ほど検査した通り、むしろかなり増えているような感じがする。

もともと私はエルフでも随一の大魔導師だったはずだが、その力がさらに数段高まっている気がした。

たぶん、世界的に見ても相当ヤバいんじゃないだろうか。

「そうですか、具合がいいのならば何よりです」

「……なんか、煮え切らないような顔してるねえ。せっかく師匠が元気になったって言うのに」

「いえ、それはもちろん嬉しいのですけど！　何というか、ちょっと変わりました？」

……流石、長いこと一緒に過ごしてきただけのことはある。

たった数回言葉を交わしただけで、以前の私とは何かが違うことを感じ取ったらしい。

エルフらしくのんびりした性格の弟子だと思っていたが、なかなか侮れない。

まあ、記憶が戻る前の私ってめちゃくちゃ生真面目だったからね。

この彩音のゆるーい感じはわかりやすすぎたかも。

「……別に？　死にかけてなんか変わったんじゃない？」

「うーん、そういうものですかね？」

「そういうものだと思うよ」

私がはっきりそう言うと、イルーシャはそれ以上何も言ってこなかった。

ま、違和感と言っても微かなものだろうし。

病み上がりの師匠を厳しく追及するようなものでもないのだろう。

彼女は気を取り直すように笑みを浮かべて言う。

「ララート様、ご飯は食べられそうですか？」

「問題ないかな。むしろ、お腹ぺこぺこだよー」

「じゃあ、長老様に祝勝会の手配をお願いしてきますね！」

「祝勝会？」

「はい！　ララート様が目覚めたら、今回の勝利を讃える宴を開きたいと」

勝利を讃える宴ねえ……。

ちょっと大げさな気もするけど、里の一大事を乗り切ったわけだし。

それぐらいはしてもらっても、別に罰は当たらないか。

「おー、そりゃ楽しみ！」

「はい！　里自慢のお料理がたくさん出ますからね！」

清廉潔白なエルフといえども、食欲はあるのだろう。

グッとサムズアップをしたイルーシャは、何とも良い笑顔をしていた。

それにつられて私も、いろいろと想像を膨らませる。

眠っていたとはいえ、かれこれ三日間も何も食べてなかったわけだからね。

ご馳走が食べられるのが楽しみだよぉ……。

「わん、わんわん！」

「わっ！」

やば、いつの間にかよだれでフェルの毛皮がベッタベタだ！

私は妄想を打ち切ると、慌ててフェルをベッドからおろしてタオルでよだれを拭くのだった。


――○●○――


「里の平和が守られたのは、えー、戦った皆の献身と守り人たるララートの活躍のおかげであり……」

エルフの里の中心にある広場にて。

小さな木の壇の上に登った長老が、宴を始めるにあたっての挨拶を長々としていた。

役職に長とつく人物の話は、どうしてこうも長いのか。

先ほどから何度も何度も、同じようなことばかり繰り返しているし。

「……長いなぁ。校長みたい」

「何ですか、コーチョーって」

ぶつぶつと愚痴をこぼす私の口を、イルーシャがそっと塞いだ。

その視線に押されて、私は仕方なく黙る。

まあ、あと少しの辛抱だ。

長老様のお話さえ終われば、たくさんのご馳走が私を待っている……！

「では、皆の者！　乾杯！」

「かんぱーい！」

景気のいい声とともに、木で出来たジョッキが高々と掲げられる。

中に入っているのはエルフの里特産のぶどうジュースだ。

お酒を飲もうとしたら、小さいからダメって止められたんだよね。

みんな私の歳はわかってるくせに！

「さあ、どんどん食べておくれ！　今日のサラダは新作だよ！」

「うわー！　楽しみ！」

「よっしゃ、食うぞー！」

山盛りのサラダを運んでくるおばさん。

さらにその後に続いて、次々と焼き野菜や煮込み野菜といった大量の野菜料理が運ばれてくる。

いずれもとても美味しそうだけど……んん？

「あれ、お肉とかはないの？」

「お、お肉!?　なんて恐ろしいことを！」

私が質問をすると、イルーシャはたちまち血相を変えた。

そう言えば……エルフの里って肉食が禁止だったっけ。

里を守る大樹様の教えでどうとかこうとか。

やばい、当たり前すぎてすっかり忘れていたじゃないか！

里を挙げての宴会となれば、たっぷりお肉が食べられると思ってたのに！

「そ、そうだよね……！　あー、うん……！」

ドン引きしているイルーシャに、どうにか返事をする私。

しかし、心の中はもうぐっちゃぐちゃだ。

前世の私はいわゆる肉食女子。

給料日に行きつけの焼肉屋さんで肉を食べ、ビールを飲むことを至上の喜びとしていた。

社畜生活の後のお肉とビールほど身体に染みるものはないからね！

ああ、カルビの脂をキンキンのビールで洗い流すあの爽快感よ……！

何物にも代えがたい、まさに至福の瞬間！
あれがもう二度と味わうことが出来ないなんて！
うぅ、せっかく超絶ハイスペックな私に生まれ変わったのになんってことだよ！
あー、お肉食べたい！　ジューシーな骨付き肉にかぶりつきたい！
ビール飲みたい！　キンキンに冷えたやつを決めたい！
我慢してるだけで、口からよだれがこぼれ始める。
お野菜だって嫌いじゃないよ、むしろ好きだよ。
でも、お野菜だけってのは違うんだよ！
「ラ、ララート様？　大丈夫ですか？」
「な、何とかね。あはは……」
苦笑いをしながら、少しでも身体を誤魔化すべくサラダを口に運ぶ。
レタスに似た葉物野菜を、パクッと頬張った。
すると――。
「むむむっ!?」
サラダに掛けられているのは、もしかしてゴマの油であろうか。
それに塩分が加えられていて、何とも香ばしく食欲をそそる仕上がりである。
後は海苔でも入っていると、理想的だろうか。

……ってこれ、私が行きつけにしていた焼肉屋さんのサラダにそっくりだな。
味の方向性がどことなく某有名焼肉店のサラダにも似ている気がする。
……だ、ダメだ！
意識しないようにしていたのに、つい思考が焼肉の方へと向かってしまう。
参ったな、この調子だとそのうち我慢しきれなくなりそうだ。
いっそ、こっそり森に狩りにでも行こうかな？
でも、基本的にエルフって引きこもりだから里の外に出るだけでも目立つんだよなぁ。
森で狩りなんてしてるのがバレたら、とんでもないことになるのは目に見えてる。
森の獣の命を奪うのは、エルフ的にだいぶヤバいからね。
「…………まずい、考え過ぎて匂いまでしてきた！」
お肉の焼けたいい匂いが、ほんのりと漂ってくるような気がした。
いい具合に焼けた脂の香りに、飢えた本能が騒ぎ出す。
なんて、なんてリアルな幻覚なんだ……！
自分の想像力の逞しさに、我ながらちょっと呆れてしまう。
食い意地の張っている方だとは思っているが、乙女としてこれは……。
そう思っていると、近くに座っていたイルーシャがおやっと周囲を見回す。
「何ですかね、この匂い」

「あ、実際に匂ってきてたんだ」

「んん？　何を言ってるんですか？」

「何でもない、こっちの話」

どうやら、本当に肉の焼けた匂いがしているらしい。

でも、一体どこからそんな匂いがしているのだろう？

この宴では肉料理なんて間違っても出されるはずはない。

あってせいぜい焼きキノコぐらいだけど、明らかにこの匂いはお肉だよなぁ……。

前世では焼肉奉行と呼ばれたこの私が、間違えるはずもない。

不思議に思っていると、村の男たちが何やら巨大なものを台車に載せて広場へと運び込んでくる。

あれは……まさか……！

「ドラゴン……？」

「皆の者、よく見るがよい！　これがこの度、里を襲ったドラゴンの首じゃ！」

長老の言葉に合わせるように、ざわめくエルフたち。

そう言えば、ドラゴンが里を襲った時に避難していた人も多かったっけ。

そういう人たちは、このドラゴンを見るのはこれが初めてなのだろう。

大人を軽く丸呑みに出来る大きさの頭を見て、皆、驚きを隠しきれない。

中にはあまりの迫力にひぃっと小さく悲鳴を上げる人までいた。

「さ、ララートよ！　こっちへ来るがよい」

「はい」

長老の手招きを受けて、私はドラゴンの頭の傍《そば》へと移動した。

わざわざこれを持ってこさせたのは、皆に私の功績をアピールする狙いがあるようだ。

亀の甲より年の劫というべきか。

長老様って、何だかんだこういうパフォーマンスが好きで上手なんだよなぁ。

「ララート様、ばんざーい！」

そこかしこから、私を讃える声が聞こえてくる。

ずいぶんと大袈裟な気がしたが、褒められて悪い気はしなかった。

「……んん？」

こうして私がドラゴンの頭の隣に立ち、話を始めようとした時であった。

ほのかに香ばしい匂いが鼻をつき、ガツンと食欲中枢を揺さぶってくる。

これはもしかして……！

さっきから漂ってきた肉の匂いは、この頭からしていたのか！

よく見れば、紅い鱗が程よく焦げて何とも艶めかしい。

そして鱗の剥がれた箇所からは、ふんわりと焼き上がったお肉が覗いていた。

そうか、鱗に包まれていたおかげで美味い具合に蒸し焼きになったのか！

表面にはうっすらと脂が滲んでいて、そのジューシーな美味しさを嫌と言うほど訴えてくる。

——絶対に美味しいから食べて！

骸《むくろ》となったはずのドラゴンの口から、とうとうそんな声まで聞こえてきた。

そうだ、食べなくては！

この偉大なるドラゴンにとどめを刺したものとして、その肉を喰らう義務が私にはある！

「……どうした？　さっきから黙ってそっちばかり見て。何か気になることでもあるのか？」

「いた……」

「んん？　なんじゃ？」

「いただきます!!」

もう、我慢できない!!

私はドラゴンの鱗を勢いよく剥がすと、露わになった肉にかぶりついた。

「んんんっ!!」

口いっぱいに溢れ出す肉汁！

濃厚な旨みをたっぷりと含んだそれは、立派なドラゴンの肉に相応《ふさわ》しくまさに超ヘビー級。

旨みが濃すぎて、舌が重いと錯覚してしまう。

まるで美味しさの暴力に叩きのめされるかのようだ。

そして肉質は程よく締まっていて、野性味を感じさせる硬めの歯ごたえ。

しかし、安い肉にありがちなゴムのような食感ではない。

噛めば噛むほどに旨みが滲み出て、繊維がほぐれるような心地よさがある。

「ああ、うまい……うますぎる……！」

やがて惜しむように肉を呑み込んだ私は、眼に涙を浮かべながら思わずそう叫んだ。

飢えと渇きに苦しむ身体が、ようやく心の底から満たされた感じがした。

恍惚とした幸福感。

そのまま天を仰ぎ、この地に生まれてきたことを感謝する。

だがここで──。

「お、おぬし……いま何をした？」

とろけた脳に響く、長老様の重々しい声。

ふと我に返って周囲を見回すと、広場に集まっていたエルフたちは全員が言葉を失っていた。

イルーシャに至っては、私を見ながら口をパクパクとさせて過呼吸のように見える。

しまった、完全にやってしまった……！

ここでようやく、私は我に返ることが出来た。

いやーいけないいけない、ついついお肉への欲望に負けてしまった。

悪気はなかったんだ、いやほんとに……。

「ご、ごめんね……？」

私はとっさに笑って誤魔化そうとしたが、時すでに遅し。

みんなの視線は冷たいままで、やがて――。

「つ、追放じゃあああああ！！！」

長老様の悲鳴じみた叫びが、広場に響くのだった。


――○●○――


「まさか、本当に追放されるとは」

広場での事件から数日後。

里を追放された私は、入り口の門を見上げてため息をついた。

イルーシャや他の戦士たちが、私の追放に対して強く反対してくれたそうなのだが……。

里の禁忌を破った罪は重く、処分の取消にまでは至らなかったのだ。

代わりに、いくばくかの猶予期間が与えられ家財一式の持ち出しとフェルの同行が認められた。

とりあえず、すぐに路頭に迷うことはないだろう。

フェルという旅の道連れが認められたのも、何とも心強い。

「まー、たぶん何とかなるでしょ」

エルフって何だかんだ生命力の強い種族だしね。

燃費もいいから、最悪、その辺の木の実を食べていれば死なないまである。

私の場合、魔法を使えるから獣に襲われたって平気だし。

いやむしろ、獣を狩ってお肉を食べればいいのかな。

どうせ里を追放されちゃったんだし、これはむしろチャンスかもしれない。

「イルーシャは大丈夫かな？　まあ平気だと思うけど」

「当然です」

「げっ!?」

イルーシャの心配をしてボヤくと、後ろから返事がした。

振り返れば、あろうことか大きなリュックを背負ったイルーシャが立っている。

旅支度を整えた彼女は、私についてくる気満々のようだ。

「ど、どうしたのその恰好！　まさか……」

「ついていかせてもらいます」

「いやでも、追放された私についてくるのは何かとまずいんじゃ……」

私が渋い顔をすると、イルーシャは何やらムスッとした顔をした。

そして黙ってこちらに詰め寄ってくると、私の顔をじいっと見つめてくる。

「では聞きますが、ララート様。あなたはお一人で生活できますか？」

「え？　そりゃもちろんできると思うけど」

「そうでしょうか？　最近のララート様を見ていると、とてもそうは思えません」

私の服の襟元をビシッと指差して告げるイルーシャ。

驚いて視線を下げると、襟元が崩れてへにょっとしてしまっていた。

しまった、洗った後に畳むのサボったせいか！

よく見れば、そこだけでなく服全体に細かく皺《しわ》が出来てしまっている。

「服は畳まない、手洗いはサボる、おうちの掃除は見えるところだけ！」

「うぐっ！」

「あと、フェルのブラッシングもサボってますよね！　こんなにごわごわになっちゃって！」

「わんわん!!」

ララートに同調し、私に抗議するかのように吠えるフェル。

真っ白でふわふわだった毛並みが、いつの間にか茶色くなりそこかしこに毛玉が出来ていた。

しまった、後でやればいいと思って先延ばしにして忘れちゃってたな……。

ブラッシングって意外と時間がかかるから、めんどくさいんだよね。

「あはは……申し訳ない」

「もう、しっかりしてください！　こんなことじゃ、旅先でフェルが病気になっちゃいます！」

「大丈夫、どうにかするから。たぶん」

「たぶんってなんですか！」

声を大にして起こるイルーシャ。

これではもう、どちらが師匠でどちらが弟子なのかわからない。

たまらずシュンとしてしまう私に、さらにイルーシャは畳みかけるように言う。

「とにかく、これでは弟子として安心して送り出せません。だからついていきます、いいですね？」

「………はい」

「よろしい。…………しかし、ほんとにどうしちゃったんですか？　前は家事も完璧だったのに」

「人は便利さを知ると……いや、思い出すと堕落しちゃうんだよ」

イルーシャの追及に、私は申し訳ない顔をしつつもそう言い訳した。

どれもこれも、現代日本の便利さが良くないのである。

ドラム式洗濯機とロボット掃除機は人類を堕落させてしまうんだ……。

あと、たまに実家から来てくれるお母さん。

あれについつい甘えちゃうんだよねえ。

「何を言ってるんだか。それより、これからどこへ向かいますか？」

ぶつぶつとつぶやく私を見ながら、イルーシャはリュックから大きな地図を取り出した。

この森を基準として描かれた古い大陸の地図である。

「うーん、そうだなぁ……。まずは、森を出たところにあるサリバーヌ王国へ行こうか」

「おお、人間の国ですね！」

「うん。というか、大陸のほとんどの国は人間の国だよ」

「よーし、フェル！　大きくなって私たちを乗せて！」

そう言ってイルーシャに背中を叩かれたフェルは、みるみるうちに身体を巨大化させた。

そして馬ほどの大きさになったところで、乗れとばかりに背を低くする。

「わうっ！」

「じゃあ行こうか。どっこいしょっと！」

どうにかフェルの背に乗ると、すぐさまイルーシャにも乗るように促した。

そして足で軽くお腹を叩いて合図をする。

「わうぅ!!」

たちまちフェルは元気よく吠えて、勢いよく地面を蹴った。

みるみるうちに景色の流れが加速し、さわやかな風が頬を撫でた。

流石は精霊獣、馬なんて目じゃないぐらいの速さだ。

「このまま一気に森を抜けるよ！」

「はい！」

こうして私たち二人と一匹の旅がいま始まったのだった。

閑話…長老の思惑

「さて、どうしたものかの」

時は遡り、ララートが禁を犯した日の夜のこと。

大樹の根元にある長老の家に、里の有力者たちが顔を揃えていた。

彼らの話題はもちろん、ララートの処分についてである。

「長老様は追放と言われたが、私は反対さねえ。ララートがいないと里の戦力はがた落ちだよ」

最初に意見を述べたのは、長老の隣に座る老婆であった。

薬の調合を生業《なりわい》とする彼女は、長老に次いで里で二番目に長生きしている。

エルフ社会では年長者が重んじられるため、実質的に里のナンバーツーであると言えた。

「私も、ララートの追放には反対です」

続いて、部屋の端にいた青年が声を上げた。

この場に集った有力者たちの中では、最も年若い人物である。

里の戦士長である彼は、ララートの里への貢献をもっともよく知る人物の一人であった。

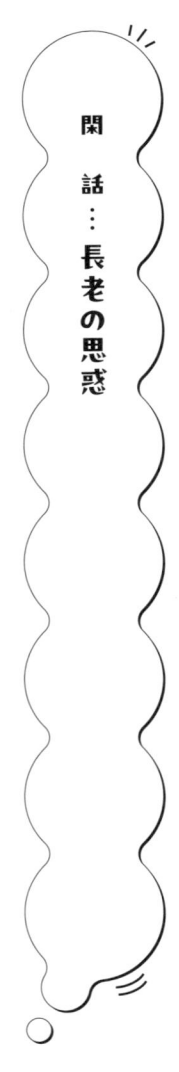

「ララートはここ数百年の間、守り人として里の脅威を退けてきました。特に今回襲撃してきたドラゴンは、彼女の活躍が無ければ倒すことなどできなかったでしょう。里の防衛に支障が出るかもしれません」

「戦士長がそう言われるのならば、やはり追放は適切ではないのでは？」

「だが、あれほど強力なドラゴンなどそう現れるものでもあるまい。それまでにララートの代わりを育て上げればよかろう」

「いやいや、そうは言いますがあれほどの魔法の使い手は……」

戦士長の発言を皮切りに、激しい議論が始まった。

エルフたちはああでもないこうでもないと、意見をぶつけ合う。

「……そもそも、肉を食べてはならぬという掟はどこから来たのでしょうか？」

ここで、一人のエルフがそう言った。

根本的に議論をひっくり返すようなその発言を、すぐさま他のエルフが声を荒らげて否定する。

「何を馬鹿なことを！　肉を食してならぬというのは、大樹様の教えではないか！」

「ではなぜ、大樹様は肉を食してはならぬと我らに教えを示されたのでしょう？」

「それはもちろん、殺生を避けるためだろう」

「ならば、ララートは咎《とが》められる必要はないのでは。彼女があのドラゴンを倒したのは、あくまで里を守るため。それで倒したドラゴンの肉を食っても、新たに失われる命はないでしょう」

鋭い指摘に、一同はたまらず顔をしかめた。

するとここで、長老が大きくため息をついて言う。

「そのぐらいにしておけ。エルフの身で大樹様の意図を推し量るような真似をしてはならぬ」

「……若輩者が出過ぎた真似をいたしました」

「よいよい、若いうちはいろいろと思考を走らせるものじゃ」

そう言って場を制すると、長老は大きく咳払いをした。

――長い沈黙。

こうして皆で集まって議論をしているが、実のところ、エルフ社会において長老の意見は絶対である。

ゆえにこの最高権力者が何を発言するのか、皆は固唾《かたず》をのんで見守るしかなかった。

「皆の意見を一通り聞かせてもらった。やはり、ララートの追放には反対のものも多くいるようじゃな」

「数百年に渡って、この里を守ってきた守り人ですから」

「うむ。わしもララートが英雄であることは否定せん。長らく生きてきたが、あれほど優れた魔法の使い手は他に見たことがない」

「ではなぜ、追放を?」

「そうじゃな……」

長い髭《ひげ》をさすりながら、再び間を置く長老。

いやがうえにも緊張が高まり、集まったエルフたちの額に汗がにじむ。

そして――――。

「ノリじゃ。いや、だっていきなりドラゴンにかぶりつく奴がおったら追放って言いたくなるじゃろ?」

「ふざけるんじゃないよ、この耄碌《もうろく》ジジイ!」

「あたっ!」

隣に座っていた老婆が、耐え兼ねて長老の頭をひっぱたいた。

エルフ社会において、長老の意見は基本的に絶対である。

しかしながら……ボケてしまった場合は、その限りではない。

「ババアなにをする!?」

「だまらっしゃい!　ノリって何だよ、ノリって!」

「ちょっとふざけただけじゃろ!　ジジイの可愛い冗談じゃないか!」

「ジジイが可愛い子ぶるな!」

再びパシーンッと響く快音。

スナップの利いた一撃はかなりの威力があったのだろう。

長老の頬が真っ赤に染まった。

彼はたまらず頬を手でさすりながらも、気を取り直して言う。

「……こほん。まず今回の追放についてまず勘違いしないでほしいのじゃが、これは必ずしも重すぎる罰ではないということじゃ」

「どういうことさね？」

「永久追放ではないということじゃ」

「なるほど。期間限定というわけかい」

長老の言葉を聞いて、素直に感心するエルフたち。

気を良くした長老はさらに続けて語る。

「加えて、ララートはいずれ魔法を学ぶためにいずれは外へ出るつもりじゃったと聞いておる。それを考えれば、里を出る時期が早まっただけとも言えるじゃろう」

「そういうお考えでしたか。ですが、追放が解かれるまでの間、ララートは無事でいられるでしょうか？」

「というと？」

「外の世界は恐ろしい人間どもの世界。我らエルフにはあまりにも過酷なのでは……」

他のエルフたちも、この意見に同調するように頷いた。

長きに渡って森に引きこもってきた彼らにとって、森の外はもはや未知の世界。

加えて、野蛮な人間たちが各地に国を建てて幅を利かせているという。

その中で、果たしてエルフが無事に生きて行けるのか。

彼らにとっては、はなはだ疑問であった。

すると長老は、呆れたように笑う。

「何を言うかと思えば。あれほどの魔法の使い手が、外で通用せぬわけあるまい」

「そうなのですか？」

「うむ。ララートの師であるこのわしが言うのだ、間違いない。むしろ、そうであるからこそ外に出した」

ここで長老の表情が急に険しいものとなった。

それを見たエルフたちもまた、姿勢を正して長老の話に聞き入る。

「わしはな、外の世界で重大な何かが起きておるように思えてならぬのじゃ」

「何か根拠はあるのかい？」

「例のあのドラゴン、異常な強さだったとは思わないか？」

「ドラゴンは強いものでしょう」

「それにしてもじゃよ。並のドラゴンならば、ララートは自爆などせずとも軽くあしらえたじゃろう」

「……何が言いたいんだい？」

老婆が距離を詰めて、長老に迫る。

その眼差しは鋭く、刃物のように長老を刺した。

しかし長老はそれに怯《ひる》むことなく言う。

「魔瘴に冒されていた可能性がある」

魔瘴というのは、大地から吹き出す穢れに満ちた瘴気のことである。

モンスターはこの中から生まれるとされているが、神聖な存在であるドラゴンがこれに冒されているのは非常に珍しい。

「何だって？　ということは、まさか……」

「あれが復活するかもしれん。ララートを外に出すのは、今この世界に何が起きているのか確かめさせるためでもあるのじゃ」

「そういうことかい」

「言うておくが、くれぐれもこのことは本人には内密にするのじゃ。あの者の今の性格からして、これを知れば不用意に近づいてしまう可能性がある」

長老の言葉に深く頷くエルフたち。

こうしてその日の会合はお開きとなり、ララートの追放は正式に決定されたのだった。

第二章…王国の冒険者

フェルの背に乗って進むこと数日。

私たちはとうとう森を抜けて、人間たちの住む街へとやってきた。

城壁に囲まれた町は里とは比べ物にならないほど大きく、木と漆喰《しっくい》で出来た家々が隙間なく連なっている。

そして、通りを歩く人、人、人。

大通りの端には露店が並び、商人たちが威勢よく呼び込みの声を上げていた。

流石に日本とは比べるべくもないが、エルフの里よりは圧倒的に活気のある風景だ。

「……すごいですね」

「イルーシャは人間の国へ来るのは初めてだっけ？」

「はい！　というか、ララート様は来たことあるんですか？」

「前に一回だけ」

……本当は、転生してから一回もない。

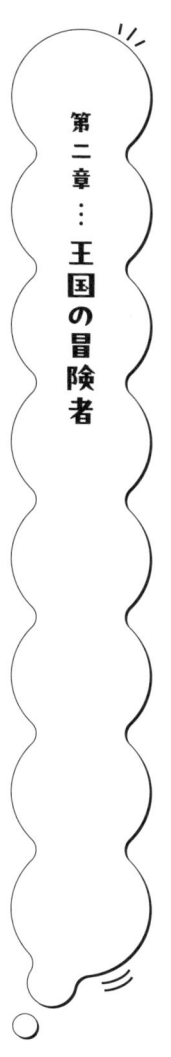

基本的にエルフは生まれてから死ぬまで森で過ごすからね。

実は、エルフが里を出て旅することを制限する掟はないのだけれど……。

排他的なところのある種族だし、何よりみんな里が大好きだからね。

里を出て外に旅立ったエルフは、私たちを除いてここ数百年で一人か二人だろう。

とはいえ、人間の国へ来たことが一回もないというといろいろ齟齬《そご》が生じそうなので敢えて一回はあるということにした。

日本も人間の国なんだから、まあ間違いじゃない。

「うわー、見てこれ！　美味しそう！」

「なっ！　それ、お肉じゃないですか！」

炭火で焼かれていた何とも旨そうな串焼き。

私がそれを指差すと、イルーシャはたちまち目を丸くした。

彼女はたちまち、ぶんぶんと首を横に振る。

「いけませんよ！　森で肉食は禁止です！」

「ここ、森じゃないじゃん」

「そうですけど……あっ！」

止めようとするイルーシャをよそに、私はさっそく串焼きを頬張った。

ああ、美味しい！　生きてるって実感する！

こうして私が幸せをかみしめていると、露店のおっちゃんが言う。

「お嬢ちゃん、いい喰いっぷりだねえ！」

「うん！　おじさん、エールちょうだい！」

「んん？　その歳で飲むのかい？」

見た目が小さいからか、怪訝《けげん》な顔をするおじさん。

すかさず、私は長い耳をピンッと指ではじいて言う。

「エルフだからね！　ちょうだい！」

「そうかい、んじゃ遠慮なく」

トクトクと木のジョッキにエールを注ぐおじさん。

さっそく彼からジョッキを受け取ると、琥珀色の液体をグイッと決める。

「うは、冷えてる！」

驚いたことに、エールはとてもよく冷えていた。

キンキンに冷えたエールの苦みが、心地よく脂を洗い流していく。

のど越しもさっぱりとしていて、切れのある辛口といった感じだ。

まさか、異世界でこんないいお酒が飲めるとは！

これは里を追放されて、むしろ良かったかもしれない。

「優勝、優勝だよぉ……！」

「おぉ、そんなに旨かったかい？」

「うん、おかわり！」

「ダメです！」

すかさず二杯目を注文しようとした私を、イルーシャが素早く制止した。

彼女は私の手からジョッキを取り上げると、おっちゃんに返してしまう。

「お酒は一杯までにしてください」

「いいじゃん、ちょっとぐらい」

「ララート様の健康のためです！　飲み過ぎは身体に悪いんですから！」

むむ、ここにきてまさかの一般論……！

てっきり、里の禁忌がどうとか言われると思っていただけに面食らってしまった。

けど、そう言われるとなかなか強くは出られないな……。

ながーいエルフ生において、健康はとても重要である。

もしも痛風とかなったらヤバイ、しんじゃう。

「仕方ない、今日のところは我慢しておこう」

「今日のところはじゃなくて、毎日です！」

「はいはーい。あ、お金出して」

「もう……」

イルーシャは不満を漏らしつつも、懐から財布を取り出そうとした。

しかし、すぐに彼女は困った顔をし始める。

「どうしたの？」

「それが、お財布が見つからないんです。ちゃんと持ってたはずなのに」

「スリにでもあったんじゃないか？　この辺りは手癖の悪いやつも多いからな」

「スリ？」

「すれ違いざまに、財布とかを盗んじゃう人のことだよ」

「そんなのがいるんですか!?」

しっかりしていても、こういうところは平和なエルフの里の出身らしい。

イルーシャはとても驚きつつも、それらしいことがなかったかを振り返る。

そうしていると……。

「あ、そう言えばさっきぶつかってきた人がいました！」

「きっとそいつだ！　フェル、イルーシャの匂いを追って！」

「わん！」

すぐさまフェルに頼んで、イルーシャの匂いを追いかけてもらう。

フェルの嗅覚は警察犬にだって負けないからね。

すると驚いたことに――。

「わんわん!」

「あっ!! あの人です!」

あろうことか、犯人は私たちのすぐそばにいた。

私たちが串焼きを食べていたお店から何軒か離れた露店で、呑気《のんき》に果物を買ってかじっていたのだ。

財布を取られたことに、こちらがすぐに気づくとは思っていなかったのだろう。

エルフが世間知らずだと思って、完全に油断していたらしい。

全く舐めたマネをしてくれるなぁ!

慌てて走り出した男の後を追いかけ、私も全速力で走り出す。

「結構速いな!」

その逃げ足で、これまでも被害者の追跡を振り切ったのだろうか。

犯人の男は右へ左へ、人混みの中をすいすいと泳ぐかのよう。

ええい、こうなったら……。

「身体強化!」

全身に魔力を行き渡らせ、身体能力を跳ね上げる。

簡単な魔力操作だが、効果は絶大だ。

ぐぐんっと加速した私は、みるみるうちに男との距離を詰めていく。

そしてさらに――。

「雷よ、走れ！」

指先から放った小さな雷。

それが男の背中に当たると、たちまち糸が切れたように動きが止まった。

どうやら、魔法に対する訓練は全くしていないらしい。

一発で全身がマヒしてしまったらしい男を見て、私はほっと胸をなでおろす。

「いっちょ上がりっと」

こうして男の手を掴んで拘束すると、すぐにイルーシャとフェルが駆け寄ってきた。

彼女は確保された男の姿を見て、すぐに顔をほころばせる。

「流石です、ララート様！」

「当然！　さ、お財布返して」

「は、はい……」

もはや観念したのだろう、男は抵抗することなく財布を差し出してきた。

やれやれ、これで一件落着。

さっそく串焼き屋さんのところへ戻って、お金を払わないとね。

しかしこの犯人、どうしようかなぁ？

日本なら警察に引き渡すところだけど、この世界だと誰に預ければいいんだろう？

私が少し困っていると、やがて人混みを割って鎧を着た人物が出てきた。

「動くな！　その場で大人しくするんだ」

「ああ、衛兵さん！　この人、スリですよ！　さっき連れの財布を盗んだので、取り押さえたんです」

「それについては既に聞いている。その男はこちらで預かろう」

「良かった、よろしくお願いします」

こうして犯人を衛兵さんに預けると、私とイルーシャはそのまま歩き去ろうとした。

だがここで、私の手がガシッと掴まれてしまう。

「待て、動くなって言っただろう！」

「え、動くなって私に対してだったんですか!?」

「そうだ。詰所まで同行しろ」

……あ、あれ？　なんで私が同行を求められてるんだ？

おかしいな、特に何も悪いことはしてないはずなんだけど。

とっさに嫌そうな顔をして抵抗すると、衛兵さんの手に力がこもった。

あ、これ断れないやつじゃないか。

「……イルーシャ、とりあえずさっきのお店でお金払っといて。で、それが済んだら詰所まで迎えに来て」

「は、はい！　すぐに！」

こうして私は、理由はわからないが詰所へと連行されていくのだった。


――○●○――


「ええっとつまり、この国では無許可で魔法を使ってはならないと？」

「この国ではというより、ほとんどの国では魔法を使うのに許可がいるな」

詰所に設けられた取調室のようなスペース。

そこで私は、衛兵さんから自分が何をやらかしたかについて説明を受けていた。

何でも、この国では登録された魔法使いか冒険者しか魔法を使ってはならないらしい。

それ以外の人間が魔法を使うと、無許可での魔法使用ということで処罰の対象になるとか。

「それで、どのぐらいの罪になるんですか？　罰金とか？」

「そうだな……。最大で禁錮一年ってとこだな」

「げっ、禁錮一年!?」

「ああ。別にエルフなら、そのぐらい転寝《うたたね》してたぐらいの感覚だろう？」

「いやいやいや！　禁錮刑はちょっと！」

いかに時間感覚の緩いエルフとはいえ、禁錮一年なんて堪《たま》ったもんじゃない。

そんなに長いことイルーシャたちを待たせるわけにもいかないし。

私がブンブンと首を横に振って拒否すると、衛兵さんは破顔一笑する。

「なに、それはあくまで悪質な場合だ。君、森を出たばかりで人間社会のルールを知らなかったんだろう?」

「ええ、まあ」

「そういう事情なら、初犯だし罰金を払ってもらえば十分だ。スリの逮捕にも協力してもらってるしな」

「ありがとうございます!」

こうして私はもう二度と無許可で魔法を使用しないという念書を書き、銀貨一枚を支払って詰所から解放された。

この国の法が比較的緩いみたいで助かったよ。

追放に当たって、村長さんが渡してくれた通行手形の威力もあったのかもしれないけど。

あれのおかげで、私が森を出たばかりのエルフだと証明できて話がとてもスムーズだった。

「良かった、釈放されたんですね!」

「わんわん!」

詰所の前の通りに出たところで、さっそくイルーシャとフェルが駆け寄ってきた。

どうやら、私のことを心配してずっと待ってくれていたらしい。

「いやぁ、えらい目に遭ったよ。人間の国じゃ、魔法を使うのに資格がいるみたい」

「そうなんですか？　なら、私も気を付けなきゃですね」

「うん。でも、このままじゃ不便だから冒険者になろうかなって。ギルドに登録した冒険者なら魔法を使っていいんだって」

「へえ、冒険者ですか」

冒険者という単語を聞いて、イルーシャの顔がほころんだ。

そう言えば、英雄たちの冒険を題材にした本がエルフの里にも置いてあったっけ。

イルーシャも何だかんだ、そういう冒険譚は好きらしい。

しっかりしているように見えて、意外と子どもっぽいところもあるんだよなぁ。

「冒険者になれば路銀も稼げるしね。里から持ち出せたお金も少なかったし」

「あー、お金なんて普段は使わないですもんね」

「そうそう。でも、人間の国じゃ必須だから」

「人間ってほんとお金大好きですからね。あんなピカピカしただけの物の何がいいんだか」

こうして、イルーシャと軽く話をしながら歩くこと数分。

通りの先に剣のマークを掲げた二階建ての大きな建物が見えてきた。

どうやらあれが、冒険者ギルドらしい。

なかなか繁盛しているらしく、冒険者らしき人たちが盛んに出入りをしていた。

「おー、雰囲気あるねえ」

「これがギルドですか。なんか食堂みたいです」

「どっちかというと酒場かな？」

西部劇でよく見る感じのウェスタンドア。

それを開けてギルドの中に入ると、そこには広々とした空間が広がっていた。

テーブルの並べられた飲食スペースにカウンター、そして依頼書の張られた大きな掲示板。

どこも活気に満ち満ちていて、冒険者たちの熱気が肌で感じられる。

「こんにちは！　依頼の相談ですか？」

私とイルーシャが周囲を見回していると、カウンターにいた受付嬢さんが気さくな様子で話しかけてきた。

私たちは彼女に促されるまま、ちょこんとカウンターの前の椅子に腰かける。

「登録でお願いします」


私がそういうと、受付嬢さんは慣れた様子で手続きを始めた。

すぐさま記入用紙と筆記具が一式だけ手渡される。

「あ、私も登録するんだけど」

「え、そうなんですか？」

「私たちエルフだから。私の方が、この子よりむしろ年上だよ」

「これは失礼しました。でも、エルフの方なんて珍しいですね！」

「ほら、耳が長いでしょう？」

イルーシャは髪を掻き上げると、エルフの特徴である長耳を誇らしげに見せた。

たちまち、受付嬢は驚いたように目を開く。

「わ、立派な長耳！　初めて見ました！」

「基本的にエルフは外に出ませんからね」

「それがどうしてこの国へ？　何か特別な理由でも？」

「……り、理由ですか？　ええっと……世界の平和を守るため？」

突然のことに驚いたのか、すっとぼけた回答をするイルーシャ。

追放されたなんて言えないからって、それはちょっとないだろう。

私は彼女に軽くひじを入れると、笑って誤魔化す。

「ははは、この子は冗談が下手で。ここへ来たのは観光のようなものだよ」

「なるほど、そうだったんですか」

「それでうっかりスリにあって魔法を使ったら、衛兵さんにつかまっちゃって」

「あはは、災難でしたね。このあたりってにぎやかなんですけど、そのぶん治安はあんまりよくないんですよ」

世間話をしながら必要事項の記入を済ませ、書類を手渡す。

すると受付嬢さんの表情がにわかに険しくなった。

彼女は私とイルーシャを何度も値踏みするような眼で見ると、ゆっくりと尋ねてくる。

「ララートさんが炎の竜級魔法まで使用可能。イルーシャさんが風の上級魔法まで使用可能ということでよろしいですか？」

「何か問題でもあるの？」

「いえ、その……。竜級というのはにわかには信じがたく。上級でもほとんど見たことないぐらいで」

竜級、上級というのは魔法の階位のことである。

この世界の魔法は難易度や威力によって階位が分けられていて、上から順に神級、竜級、精霊級、上級、中級、初級となっている。

エルフの里では精霊級魔法が使えると一人前の魔導師と見なされるが、やはりと言うべきか、人間社会とは基準が異なるらしい。

守り人としてはまだまだ修行中のイルーシャも、ここではすでに立派な大魔導師のようだ。

私に至っては、どうも実在すら怪しい範囲と思われている。

「なっ！　私たちを疑っているんですか!?」

「はっきり言ってしまえば……。たまに、嘘の技能を書いて難易度の高い依頼を受けようとする方もいるので」

「私たちエルフは人間とは違います！　嘘なんてつきません！」

「そう言われましても、エルフの方と会うのは今回が初めてですし」

……なるほど、ごもっとも。

これまでエルフと会ったことのない人に、エルフの性質を主張したところで信用されるわけがない。

それに、善良なものが多いのは確かだがエルフだって絶対に嘘をつけないという訳じゃないしね。

イルーシャはいささかエルフを過大評価しすぎている。

「とにかく、嘘なんてついていません！　信じてください！」

「いえ、ですから……」

「あの、これでどう？」

押し問答をする受付嬢さんとイルーシャ。

その間に割って入ると、私はカバンから取り出した鱗を受付嬢さんに手渡した。

里を襲ったあの紅いドラゴンの逆鱗《げきりん》である。

強大な魔力を秘めたそれは、見る人が見れば一瞬でとんでもない代物だとわかる。

数百年生きてきたエルフの大魔導師である私でさえ、ほとんど持っていない貴重な素材だ。

たぶん、売れば家を買えるぐらいの値はつくんじゃないかな。

「私が倒したドラゴンの鱗だよ。そうそう売ってるようなものでもないはずだし、証明になるんじゃない？」

「こ、これは……確認させていただいても？」

「もちろん、そのために出したんだから」

「しょ、少々お待ちください！　これほどの品となりますと、私では確認が出来ませんので！」

「いいよいいよ。ゆっくりしてるから」

受付嬢さんは慌てた様子でカウンターの奥にある部屋へと入っていった。

そして数分後。

小走りで戻ってきた彼女は、蒼い顔をして私たちに深々と頭を下げる。

「確認が取れました！　これまでのご無礼、どうかお許しください！」

「良かった！　信用してもらえたんだ」

「もちろんです！」

流石は冒険者ギルド、鱗の価値がきちんとわかる人がいたらしい。

これでわかってもらえなかったら、もう実際に魔法をぶっ放すしかなかったからねー。

穏便な方法で済んで何よりだ。

「では数日以内に、身分を証明するギルドカードを発行いたしますね。それまでは、この支部以外の支部の利用は控えてください。それから街中での魔法の使用も禁止です」

「はーい」

「どうします？　さっそく依頼を受けて行かれますか？」

うーん、どうしよっかな。

まだ路銀には困っていないが、冒険者の仕事にも興味はある。

せっかくだし、何か良さそうなものがあれば受けてみようかな。

どうせなら……。

「美味しいモンスターの討伐依頼とかってある？」

「稼げる依頼ってことですか？」

「その美味しいじゃなくてさ。食べて美味しいモンスターとかっていないの？」

「ララート様！　まさか、またモンスターのお肉を食べる気ですか！」

「いいじゃん。さっきも言ったけど、里の掟は里の外じゃ関係ないよ」

「むむむ！　そんなにお肉ばっかり食べてたら身体に悪いですよ！　野菜もしっかり食べてください！」

「いや食べてるからね？　普通に食べてるからね？」

「そう言って、この間は薄く切ったお芋しか食べてなかったじゃないですか！」

薄く切った芋というのは、ララートさん特製のポテトチップスのことである。

旅の途中で試作したのだが、あまりの美味しさに食べ過ぎてその日はそれだけしか食べなかった。

ま、ポテチってカロリーの塊みたいなもんだからね。

うっかり食べ過ぎて、ご飯がお腹に入らなくなっちゃったのだ。

「お芋は野菜だからセーフ」

「確かにお芋は野菜ですけど！　そうじゃないんです！」

「あー、とにかく美味しいモンスターを倒しに行くの！　これは師匠命令だよ！」

もう怒ったとばかりに、私は強権を振るった。

ふふふ、どれだけしっかり者だとしてもイルーシャは私の弟子。

師匠が本気になれば絶対に逆らえないのだ！

「そういうわけで、美味しいモンスターの依頼を紹介して！」

「申し訳ありません。そのような観点で依頼を探したことがなく……。ご期待には添えかねます」

「ええっ!?」

「当然じゃないですか。そんな依頼を探そうとするのはララート様だけですよー」

驚く私をイルーシャは何とも冷ややかな眼で見てきた。

ぐぬぬ、これがざまぁというやつか？

私も前世ではそういうの好きだったけど、される側になると何とも言えないムカつきがある。

とはいえ、探せないものは探せないだろうからなぁ。

自分でそれらしいものを見つけて突撃するしかなさそうだけど……。

「お困りみたいだな、エルフさん」

そうして私が唸《うな》っていると、誰かが声を掛けてきた。

振り返ると、背が高く筋骨隆々とした男が立っている。

年の頃は四十といったところだろうか。

どことなく人懐っこい雰囲気だが、修羅場はそれなりにくぐっているのだろう。

歴戦の戦士にしか出せない独特の風格がある。

「こっちまで声が聞こえたぜ。美味しいモンスターを探してるんだって？」

「まあ、そうだけど」

「だったら、俺と一緒にギガルーパーの討伐に行かねえか？」

「ギガルーパー？」

初めて聞くモンスターの名前であった。

少なくとも、森には生息していない種である。

どうしたものかと私とイルーシャが顔を見合わせると、男は説明を始める。

「ギガルーパーってのはでけえサンショウウオだな。人間も食っちまう凶悪なモンスターなんだが、この肉が意外とうめえんだ。さっぱりしてて、魚と肉の中間みてえなちょっと不思議な感じだな」

「うわ、いいね！　食べたい！」

魚と肉の中間なんて、どんなのかすっごい気になるじゃん！

私は男の提案に、一も二もなく賛成した。

これはぜひ食べに行かなきゃなぁ……。

私がギガルーパーの味に思いをはせていると、すかさずイルーシャが不機嫌そうな顔をして言う。

「……大丈夫ですか？　ちょっと怪しくないです？」

「平気だよ、いざとなれば魔法でどうとでもなるし」

「しかしですね……。何かあってからでは……」

「ボーズさんなら信用できますよ」

ここで、受付嬢さんが会話に入ってきた。

彼女はボーズと呼んだ男の方を見ながら、にっこりと笑みを浮かべる。

「ボーズさんは十年以上もこのギルドで働いているベテランさんですから。特に問題を起こしたという話も聞きません。依頼主からの評判も良いですね」

「へえ、なら安心だ」

受付嬢さんがここまで言うなら、まず信用して大丈夫だろう。

ギルドの信用問題になるし、よほどの人でなければこうは言うまい。

私を怒らせたらギルドがヤバいことになるっていうのはわかってるだろうし。

「よろしくね、ボーズさん。私はララート。で、こっちがイルーシャ」

「……しょうがないですね。わかりました、よろしくお願いします」

イルーシャは渋々といった様子ながらも、ボーズさんに頭を下げた。

こうして私たちは、ギガルーパーなるモンスターを倒しに行くこととなったのだった。

第三章…沼地の大怪物

「うわぁ、泥だらけ……」

街を出て、数時間が過ぎた頃。

私たち三人と一匹は、ギガルーパーが住むという沼地へとやってきていた。

辺り一面に立ち込める霧と白骨のような木々が何とも不気味な場所だ。

おまけに沼地だけあって地面はぬかるんでいて、歩いているだけで泥が撥《は》ねて身体を汚してしまう。

身体の小さい私なんて、腰のあたりまで泥まみれだ。

いっそ結界魔法でも使おうかと思うが、あれをずーっと使うのは流石に燃費が悪いしなぁ。

「フェル、私たちを乗せてくれない？」

「わうぅ……」

無理無理と困ったように首を横に振るフェル。

ああそっか、身体が大きくなるとその分だけ重さも増すもんね。

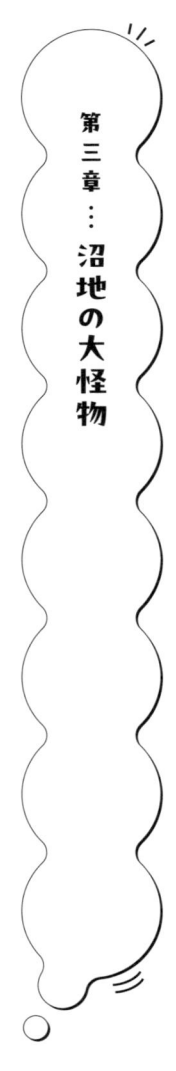

フェルだけならどうにかなるかもしれないが、私たちを乗せたら身体が沈んで身動きが取れなくなってしまうのだろう。

「仕方ない。この沼地はみんなで歩くしかないね。泥は後で洗えばいいよ」

「うぅ、早く水浴びしたいです……」

弱々しい声でつぶやくイルーシャ。

そう言えば、この子はなかなかの潔癖症だったな。

私の部屋が散らかるとすぐに掃除をしていたし、旅においても水場を見つけるたびに水浴びをしていた。

一方の私は、まあ多少のことは平気な性質《たち》だ。

台所に湧いた黒いあいつに一人で立ち向かえる系女子である。

……うん、女の子らしくないという自覚は大いにある。

だって、古いマンションはどうしてもあれが出ちゃうから……。

憎むべきは固定残業代よ、あれがなければもうちょっと新しいマンションに住めたはずなんだけど。

「綺麗好きな姉ちゃんだな。ま、若い女の子ならそんなもんか」

「イルーシャは百歳超えてるよ」

「げっ！　ばあちゃんじゃねえか！」

「失礼ですね！　エルフの中ではまだ小娘です！」

「そうはいっても、俺の三倍以上じゃねえかよ」

ぷくーっと頬の膨れたイルーシャを見ながら、ボーズさんは呆れたような顔をした。

あれ、三倍以上ってことは意外と若いのだろうか？

見た感じは四十歳ぐらいだから、三倍じゃなくて二倍が正しそうだけど。

「ちなみに、ボーズさんはいくつなの？」

「三十二歳だよ」

「わかっ！　四十歳ぐらいに見えてた！」

「そんなに驚くなよ！　つーか、あんたらエルフが若すぎるだけだ。ララートなんて子どもみたいじゃねえか」

「子どもは余計だよ。それはそれとして、ボーズさんは老け顔だと思うけどなぁ」

「いやいや、冒険者ならこのぐらいの方が貫禄あっていいんだよ」

こうして、ボーズさんとくだらない世間話をしていた時だった。

私たちの先を歩いていたフェルが、いきなりピンッと尻尾を立てた。

そしてこちらへ振り返ると、警戒を促すように吠える。

「何かいるね」

「ああ、来るぞ！」

「ここは任せてください！　私がやります！」

私たちを下がらせ、イルーシャが前に出た。

それと同時に、近くの沼から巨大なサンショウウオが姿を現す。

こいつがギガルーパーか……！

その大きさは馬や牛ほどもあり、粘液に覆われた白い皮膚がてらてらと光っている。

「気を付けろ、こいつの皮膚は粘液で守られていて……」

「風よ、切り裂け！」

ボーズさんの説明も聞かないうちに、イルーシャが魔法をぶっ放した。

彼女が最も得意とする風の中級魔法である。

——ズバァンッ!!

圧縮された風の刃が、いともたやすくギガルーパーの首をぶった切った。

……なるほど、物理防御には長《た》けているけれど魔法には弱いタイプか。

それにしても、イルーシャの魔法がいつもよりキレている気がする。

「おおぉ……すっげえな！」

「どんなもんですか！　まとめてぶっ飛ばしてやりますよ！」

「あー、なるほど」

どうやら、たまっていたストレスを魔法に乗せているらしい。

魔法って精神によって威力が左右されるから、ああいうのも意外と効果があるんだよね。

……そう考えると、常にストレスに晒されている社畜は大魔法使いになる素質があるのか？

でも、社畜魔法とかあんまり見たくないなぁ。

会社で怒りのイオ○ズン使う人とか実在したら嫌だ。

「俺も負けてられねえな！　はああぁっ！」

血の臭いにおびき寄せられてきた二匹目のギガルーパー。

大口を開けて私たちを丸呑みにしようとしたそれを、ボーズさんが串刺しにした。

そうか、皮膚は粘液で守られていても口の中はそうはいかないってことか。

迷うことなく口の中に手を差し入れ、顎から頭を貫いたボーズさんの手腕は見事なもの。

受付嬢さんが信頼をおける人というわけだ。

「これなら、私が出るまでもないかも」

快進撃を続けるイルーシャとボーズさん。

その見事な戦いぶりに、私はちょっとばかり気を緩める。

別にサボっているわけじゃない。

後詰もちゃんとした仕事だからね、うんうん。

こうして私が見守る中、依頼はつつがなく進んでいくのだった。

「ふぅ！　これだけ倒せば十分ですね！」

「ああ、十分すぎる戦果だな」

数十分後。

倒したギガルーパーの山を見て、ボーズさんは少しばかり呆れたような顔をした。

まあ、半分ぐらいはイルーシャのストレス発散だったからね。

「お疲れ様。じゃあ、さっそく料理して食べよう！」

「そう言って、ララート様は全然戦ってなかったですよね？」

「いやだってほら、二人とも手際良くて手を出す隙が無かったというか」

「まあいいんじゃねえか、ララートが背後を固めてくれたおかげで楽だったぜ」

「それはそうなんですけど」

何となく納得いかない顔をしつつも、イルーシャは引き下がった。

ま、弟子が働く後ろで悠々としているのは師匠の特権だからね。

それがしたいならイルーシャも早く成長して弟子を取りたまえよ。

「焼いて食べるんだよね？　早く早く！」

「そう焦らないでくれ。というかあんた、エルフなのにほんと肉が……」

「わっ!?」

ここでいきなり、イルーシャの悲鳴が響いた。

いったい何が起きた!?

急いで振り向くと、イルーシャの身体に何かピンク色のものが巻き付いている。

ぶよぶよとしたそれは、どうやら肉で出来た何からしい。

やがて沼の底から、巨大なカエルのような何かが姿を現す。

こいつ、今まで気配を完全に消してたな?

私とフェルの探知を潜り抜けるなんて、なかなかやるじゃないか。

「げっ! カエル!?」

「早く切って!」

先ほどイルーシャの身体に巻き付いたのは、どうやらカエルの舌のようだった。

一刻も早くあれを切らなければ、そのまま丸呑みにされる!

とっさに私は焼き払ってやろうと炎の球を出したが、イルーシャを巻き込むかもしれないと思ってひっこめた。

ダメだダメだ、つい熱くなってしまった。

代わりにボーズさんに向かって叫んだのだが……。

「エルダーフロッグ……」

「ボーズさん！」

「あ、ああ……」

何故か呆然とした様子で立ち尽くしているボーズさん。

どうにか剣を抜いたものの、その動きはコマ送りのよう。

先ほどまでの洗練された無駄のない動きとは全く別人のようである。

こうしている間にも、イルーシャはカエルの口の中へと引きずり込まれてしまった。

「た、助けて！　食べられちゃう！」

カエルの口の中でじたばたと暴れるイルーシャ。

何とか踏ん張っているが、消化されるのは時間の問題だ。

……ええい、仕方ない！

彼が頼りにならないと判断した私は、やむなく狙いを定める。

「目を閉じて。あと防御魔法！」

「は、はい！」

イルーシャが目を閉じた瞬間、杖の先から炎の弾丸を放った。

――爆発、四散。

カエルの眉間に直撃した炎は爆発を起こし、たちまちその巨体を吹き飛ばした。

さながら、水風船を針で突いたかのようである。

カエルが柔らかかったこともあるが、とっさのことで魔力を込め過ぎたらしい。

爆発に巻き込まれたイルーシャが吹っ飛び、こちらに向かって転がってくる。

「大丈夫？」

「うぅ、べっとべとですよぉ！」

「ま、無事だったんだからそのぐらい我慢して」

「そのぐらいって……。うげえ！」

地面が柔らかかったおかげだろう。

派手に吹き飛ばされた割にイルーシャは怪我《けが》一つなかった。

ただし、その身体は得体のしれない体液まみれ。

ひどい臭いもするし、とにかくベッタベタでお近づきになりたくない感じだ。

「……わうぅ！」

「あ、フェルが気絶した！」

「……二人ともあっち見てください！　すぐに身体を洗いますから！」

普段面倒を見ているフェルに気絶されたことが、よっぽどショックだったのだろう。

イルーシャは顔を真っ赤にしてそう告げると、急いで服を脱いで水魔法を使い始めるのだった。


―――○●○―――

「……んんー、いい匂い！」

数時間後。

とっぷりと日も暮れたところで、私たちは食事の支度をしていた。

たくさんのハーブとともに蒸し焼きにされたギガルーパーのお肉から、食欲をそそるいい香りがする。

嗅いでいるだけで、よだれが口からあふれてきそうだ。

「匂いはいいですけど……あの泥臭いモンスターのお肉がほんとに美味しくなるんですか？」

「大丈夫だ、しっかり下茹でしてハーブも使ってるからな。臭みは抜けてるよ」

「とてもそうは思えませんけど……」

「わざわざそんなこと聞いて、もしかしてイルーシャも食べる気なのかな？」

私がそう尋ねると、イルーシャはハッとしたような顔をした。

そしてすぐさま、ぶんぶんと首を横に振る。

「ただの興味本位です！　お肉を食べるつもりなんてありませんよ！」

「そう？　気になってそうな感じだったけど」

「そんなこと断じてありません！」

顔を真っ赤にして、強く否定するイルーシャ。

何もそこまで言わなくたっていいのに。

ははーん、これは図星を突かれてムキになってるのかな？

イルーシャも食べること自体は大好きだからね。

エルフの里では、私の目を盗んでいっつも野菜スティックを食べていたのを知っている。

「素直になった方がいいと思うけどなー」

「私はいつも素直です！」

「そうかなぁ？」

こうしてイルーシャをからかっていたころで、ボーズさんが木の皿に載せたお肉を運んできた。

真っ白で鶏肉のような見た目をしたお肉の上に、ローリエのような葉が載っかっている。

ビジュアル的には鶏の香草焼きみたいな感じだが、果たしてお味はどうなのだろう。

「ギガルーパーの香草焼きだ。うめえぞ！」

「おほー！　いっただっきまーす!!」

我慢できないとばかりに、ギガルーパーのお肉を一気に口へと放り込む。

たちまち、ハーブのさわやかな風味が鼻を抜けた。

おぉ、これで臭みを完ぺきに抑えているってわけだ。

肝心のお肉のお味は、最初に聞いていた通り魚と肉の中間みたいなちょっと不思議な感じ。

白身魚のような食感でありながら、魚にはないお肉独特のジューシーな脂の旨みがある。

ああ、あっという間に口の中から無くなっちゃう！

それが惜しい……もっと味わっていたい……！

「んぐ、んぐ……超しあわせ………」

「くぅん、くぅん！」

「お、フェルも食べる？」

私がお肉を堪能していると、フェルが喉を鳴らしながらすり寄ってきた。

その視線は私の持つ皿へと向けられ、口からは少しよだれが垂れてしまっている。

よしよし、可愛いやつ！

私はすぐさまフォークでお肉を突き刺し、フェルに差し出す。

「ああっ！　フェルまでお肉を！」

「もともとわんこって肉食だし？　いいんじゃない？」

「フェルはわんこじゃなくて精霊獣です！」

「似たようなもんだよ」

「似てません！」

そうこうしているうちに、フェルは私の差し出したお肉をパクッと呑み込んだ。

たちまち表情が緩んで耳もフニャッと倒れる。

「くうぅ……！」

「おー、よしよし！　美味しかったねえ」

「……わん、わん！」

ごっくんとお肉を呑み込んだところで、フェルはおかわりをせがんできた。

その眼は何だかギラギラとしていて、どこか野性味を感じさせる。

お、どうやらお肉の良さがわかったようだね？

いいだろう、寛大な私はたっぷりとお肉を分けてあげよう。

私はフェルに追加でお肉を差し出すと、ちらっとイルーシャの方を見る。

「食べる？　フェルも美味しそうだよ？」

「い、いりません！」

「そう？　あーあ、美味しいから一緒に食べようと思ったのに……」

私はちょっぴり大袈裟に悲しい顔をして見せた。

するとイルーシャは少し動揺しながらも懐からあるものを取り出す。

それは、里でいつも彼女が食べていた野菜スティックだった。

「ララート様の方こそこれをどうぞ！　里から持ってきた人参スティックです！」

「ええー……これ食べ飽きたんだけどなぁ」

「ダメですよ！　私たちエルフには、お野菜がいっぱい必要なんですから！」

そう言うと、イルーシャは人参スティックを口元に押し付けてきた。

まあ確かに、もともとエルフって草食に近い生き物ではあるしなぁ……。

少なくとも、肉食系ではないだろう。

肉食だったら、野菜だけ食べて数百年も生きてないだろうし。

「ほらほら！」

「あーわかったわかった、後で食べるから」

「……まるで野菜嫌いの子どもだな」

抵抗する私を見て、料理を終えたボーズさんはやれやれと肩をすくめた。

うーん、そう言われるとちょっと癪《しゃく》だなぁ。

別に野菜が食べられないわけではないんだよ、食べられないわけでは。

私は人参スティックに塩を付けると、ボーズさんに見せつけるように口へ放り込んだ。

人参の硬い食感とともに、優しい甘さと塩分が口に広がる。

「んんー、安定の味って感じ？」

「そうです、お野菜は安定して美味しいのです！」

そう言うと、イルーシャは人参スティックをガリッと勢いよく噛み千切った。

そしてこれでもかと言わんばかりに満面の笑みを浮かべる。

……何だか、人参のコマーシャルみたいだ。

それだけ、イルーシャがお野菜のことが好きってことなんだろうけど。

「ボーズさんも食べますか？」

「ああ、くれるなら貰おう」

「どうぞ！」

こうして差し出された人参スティックを、ボーズさんはスナック感覚でポリポリと食べた。

かなり口に合ったようで、無言ながら美味しそうである。

身体の大きな男性が人参スティックをかじっているのは、何とも言えない愛嬌のようなものが感じられた。

何だろ、森のくまさん的な？

そんな彼を見ながら、私はふと先ほどの出来事を思い出して言う。

「ボーズさん、ちょっといい？」

「どうした？」

「あのさ。さっき出てきた、あのカエルのモンスターにトラウマでもあるの？」

「……何だよ、藪《やぶ》から棒に」

「だって、さっき明らかにおかしかったよね？」

「大丈夫だ、今度はあんなことにはならねえ」

「そうじゃなくてさ」

私はボーズさんの前に出ると、その顔をじーっと覗き込んだ。

この突然の行動にびっくりしたのか、ボーズさんは人参スティックを噴き出しそうになる。

「別に、アンタらには関係のないことだろう？」

「関係なくはないよ。たった数日の約束だけど、今の私たちは仲間だし。それに、原因がわからないと気持ち悪いじゃん」

「あのなぁ……」

「こう見えて、私は何百年も生きてるからさ。人生経験は豊富だよ。悩める若者よ、ドンと相談しなさい」

「こんな時だけばあさん面するなよ」

「まーまー、言えば楽になることもあるって」

少しは心を動かすことが出来たのだろうか？

そう言って笑いかけると、ボーズさんは下を向いてはぁっと大きなため息をついた。

そしてゆっくりと顔を上げると、どこかぼんやりとした顔でぽつぽつと語り始める。

「もう十年ぐらい前になるか。当時の俺はあるパーティに所属していてな。それで、この沼地に住むエルダーフロッグを討伐する依頼を受けたんだよ」

「エルダーフロッグって言うと、さっきのカエル？」

「ああ。そしたら運の悪いことに、ハズレを引いちまってな……」

ボーズさんの眼がにわかに愁《うれ》いを帯びた。

ハズレというのは、ごくまれに現れるモンスターの変異種のことである。

一般的な個体とはかけ離れた能力を持ち、エルフの里でも恐れられていた存在だ。

里の記録では、ゴブリンの変異種が熟達したエルフの戦士たちを壊滅させたなんて話もある。

「そのせいで、当時のパーティは俺を除いて全滅しちまった。それだけじゃねえ、俺は……俺は……」

よほど思い出したくない過去なのだろう。

ボーズさんは額に手を押し当てると、ひたすら同じことを繰り返し続ける。

悪夢が脳に焼き付いて、離れなくなってしまっているらしい。

私は彼に寄り添うと、その背中にそっと手を当てる。

「まあまあ、落ち着いて」

「すまない、取り乱した」

「とにかく、昔のトラウマのせいでエルダーフロッグと出会うと、身体が動かなくなっちゃうんだね？」

「ああ。ったく、大の男が情けねえ話だよなぁ。けど、怖いんだよ。この十年間、エルダーフロッグを倒そうと努力してきたつもりなのによぅ。いざ奴らを前にすると……」

再び、下を向いて苦悩するボーズさん。

よっぽど強烈なトラウマを植え付けられてしまったらしい。

でも、わざわざこの沼地にギガルーパーを倒しに来ているということは再戦の意思はあるのだろう。

冒険者なら、避けようと思えば他にもいくらでも仕事場はあるはずなのだ。

彼の心はまだ、完全には折れていない。

「十年ぐらい、立ち直れなくても仕方ないですよ。ララート様なんて、三十年前に私がお菓子を食べたことをまだ根に持ってるぐらいですからね！」

ここで、イルーシャが急に会話に加わった。

彼女なりに、ボーズさんを励まそうとしているのだろう。

ニコニコと実にいい笑顔をしていた。

……言ってることの内容は、ちょーっとイラッとする感じだけど。

この子、笑顔で嫌みを言うタイプだ。

「そんなの、たまーに思い出して言うぐらいでしょ？」

「それを根に持ってるって言うんです！」

「それを言うなら、イルーシャだって寝癖がひどかった時に笑ったのを二十年も覚えてたくせに」

「そりゃそうですよ、デリカシーなさすぎですもの！」

「髪の毛ぼっさぼさで師匠の前に顔を出す弟子の方が悪いんですー！」

「師匠が弟子をそんなことで叩く方がおかしいんですー！」

「……おいおいそういうのはエルフだからだろう？　人間の時間感覚とは違うって」

こうしてくだらない言い争いをしていると、ボーズさんが堪りかねたように噴き出した。

やがて彼は、先ほどまでの陰鬱とした表情から一転して吹っ切れたように笑う。

「心配してくれてありがとう。だが、大丈夫だ。ここから先は俺の問題だしな」

「……そっか。じゃあ最後に一つだけ言っておくと、ボーズさんは強いよ」

「んん？」

「普通に戦ったら、エルダーフロッグにはまず間違いなく勝てるよ。ううん、ドラゴンともいい勝負できるんじゃないかな。エルフの戦士たちを見てきた私が言うから間違いない」

「そりゃ買いかぶり過ぎだろう。俺もそこそこには強い自覚はあるが、そんな大物じゃねえぜ」

「自信なさすぎ。ま、そのあたりもトラウマを乗り越えれば成長しそうだけど」

「成長っつってもなぁ。俺はもういいおっさんだぜ」

「三十二歳なんてまだ赤ちゃんだよ？」

「だから、そりゃエルフ基準だろって」

やれやれと肩をすくめると、ボーズさんはゆっくりとその場から立ち上がった。

彼はそのまま大きく伸びをすると、肉を焼いていた鉄板の方へと移動する。

「香草焼き、まだ残ってるぞ。食うか？」

「お、ちょうだい！　食べる食べる！」

「ララート様、食べ過ぎです！」

「いいじゃん、腹が減っては戦はできぬだよ！」

やがて運ばれてきたお肉に、再びかぶりつく私。

うーん、美味しい！

やっぱりこうやって食べてる瞬間が一番幸せ！

こうしてその日の夜は、幸せな満腹感とともに過ぎていくのだった。

翌日、恐ろしい敵と対峙するとも知らずに——。


——○●○——


「……なんか妙だね」

翌朝。

引き続き、ギガルーパーの討伐をしていた私たちは沼地の異変に気付いた。

昨日と比べて、妙にモンスターの数が少ないのである。

討伐対象であるギガルーパーはもちろんのこと、それ以外の小さなモンスターまでほとんど姿を見なかった。

もともと静かだった沼地はさらに深い静寂と霧に包まれ、さながら別世界のよう。

お互いの呼吸の音まで聞こえて、何とも嫌な雰囲気だ。

「そう言えば、あの日の森がこんな感じでしたね」

「あの日？」

「ドラゴンが里を襲った日です。あの日の森って、動物がみんな逃げてすっごい静かだったじゃないですか」

「ああー……。言われてみれば」

前世の記憶を取り戻す前後のことは、若干あいまいになっちゃってるんだけど……。

言われてみればあの日、森は恐ろしく静かだった気がする。

もしかして、何か凶悪なモンスターがこちらに接近している予兆だろうか？

私がとっさにボーズさんの方を見ると、彼はにわかに眼つきを険しくする。

「そうだな……。昨日、派手に狩りをしたからモンスターが逃げたのかもしれない。あるいは……」

「あるいは？」

「ハズレが出てくるかだな」

ボーズさんの言葉に緊張が高まる。

ここで私は、さっと手招きをしてフェルを呼び寄せた。

「フェル、エルダーフロッグの臭いは覚えてる？」

「わん！」

「じゃあ、それと似たのが近くにいないか警戒して。気を付けてね」

身体を大きく変化させると、ゆっくりと歩き出したフェル。

さて、蛇が出るか鬼が出るか……。

いや、異世界だからオーガとかかかな？

そう思った矢先、フェルが鋭く吠える。

「わん！　わんわんわん!!」

「……んん？　あれは？」

フェルの視線の先には、沼地を走る数名の影があった。

段々とこちらに近づいてくるそれは、冒険者のパーティであろうか。

体力を消費するのも構わず、ぬかるんだ沼地を懸命に走っている。

様子からして、あれは何かに……。

「危ないっ！」

赤黒い何かが冒険者たちに迫った。

私はとっさに炎を放ち、ギリギリのところでそれを破壊する。

——ドシャッ！

あまりの速さゆえによく見えなかったが、それは肉の塊のようなものだったらしい。

ひょっとしてあれは……舌か？

「た、助かった！　ありがとう！」

「あんたたちも早く逃げろ、早く！　あいつが来る！」

私たちの近くまでやって来た冒険者たちは、真っ青な顔で逃げるように言ってきた。

そしてそのまま、軽く頭だけを下げると凄い勢いで走り去っていく。

先ほどの舌といい、どうやらエルダーフロッグに襲われていたらしい。

それもこの様子からして……。

「助けて！　みんな、置いてかないで！」

やがてどこからか、女性の悲鳴が聞こえてきた。

これはいったい……なんだ？

私たちが険しい顔をしていると、やがて霧の向こうからエルダーフロッグの群れが姿を現した。

さらにその奥から――。

「なっ！」

ドシンと大地を揺さぶる足音。

それと同時に、ドラゴンにも負けないほどの巨躯を誇るカエルが姿を現した。

……本当にデカい。

昨日倒したエルダーフロッグの三倍以上はあるだろうか。

スケール感がもはや、モンスターというよりも怪獣である。

そして悍ましいことに、その口には二人の冒険者が咥《くわ》えられていた。

……どうやらこいつが、ボーズさんの言っていたハズレのようだ。

群れを従えるその姿は、エルダーフロッグの王と言っても過言ではない。

「助けてくれ！　早く！」

「見捨てないでくれ！　おい、置いていくな！」

私たちの方を見て、口々に助けを求める冒険者たち。

……こいつ、わざと呑み込まずに人間を肉壁として利用しているのか？

何とも悪趣味だが、実に効果的な方法だった。

エルダーフロッグの弱点は口だが、それを見事に塞がれてしまっている。

しかも、呑み込まれまいと冒険者たちが暴れるせいで攻撃しづらいことこの上ない。

あれだと、私の火魔法はおろかイルーシャの風魔法も当てられないな。

「……まずいですね。あれじゃ魔法が使えないですよ！」

「カエルの癖に、なんって悪趣味なやつ」

「……同じだ」

ここで、ボーズさんが掠《かす》れた声でそう言った。

その顔は色を失い、眼は完全に絶望に染まっている。

さらに全身の筋肉が震え、一流の冒険者であるはずの彼がさながら幼子のようだった。

「同じって、何と？」

「十年前とだ。あの時も、あのエルダーフロッグはああやって仲間を人質に取って……俺は……！」

嗚咽《おえつ》しながらそう言うと、ボーズさんはゆっくりとその場に膝を折った。

彼はそのまま、天に向かって懺悔するように言う。

「あの時、俺は逃げた。助けを求める仲間を捨てて、自分一人で……」

「それで、生き残ったんだね」

「ああ！　俺は最低の冒険者だ！　みんなを犠牲にしたクズなんだ！」

「……そうだね」

私はあえて、ボーズさんの言葉を否定しなかった。

ここでそんなことないと言うのは簡単だった。

しかし、それをしてはならないと思った。

たちまち、イルーシャがぎょっとしたような顔をする。

「ちょ、ちょっと！　それはあんまりじゃ……」

「だって、仲間を置いて逃げるのは良くないよ。少なくとも、英雄的な行為では全くない。……

でもさ」

「でも？」

「最初っから強い人間なんていない。みんな弱虫なんだよ。挫折して、そこからどう立ち上がるかが重要なんじゃないかな」

私がそう言ったところで、巨大エルダーフロッグがパンッと手を叩いた。

それと同時に、配下のエルダーフロッグたちが一斉に飛び掛かってくる。

こいつら、思ったより統率取れてるなぁ！

「危ない！」

敵の予期せぬ機敏さに、反応が遅れてしまうボーズさんとイルーシャ。

一瞬だが動きが止まってしまった二人を、私は全力で突き飛ばした。

次の瞬間、二人が立っていた場所をカエルたちの巨大な身体が押しつぶす。

――ズシンッ！

その様子はさながら、ちょっとした隕石のようだ。

「大丈夫!?」

「何とか……」

「いたた……！」

二人を下敷きにしてしまったものの、幸い、地面が柔らかかったため怪我はないようだった。

すぐに起き上がった私は、改めてボーズさんを見据える。

……残念ながら、もはや悠長に説得している時間はあんまりない。

何とか、早くボーズさんに立ち直ってもらわないと。

「いま頼りになるのは、近接戦ができるボーズさんだけだよ」

「だが……」

「また、同じことを繰り返すの？」

「それは……」

「ここでエルダーフロッグが出てきたのは、むしろチャンスだよ。今度こそ倒して、前に進んでいこう。ずっと後悔し続ける辛さは、ボーズさんが一番よくわかってるでしょ？」

「……そうはいっても、あんなデカブツに勝てるのか？　十年前より倍ぐらいデカいぜ？」

わずかにだが、ボーズさんの顔に生気が戻ってきた。

光を取り戻したその眼は、紛れもなく戦士の物。

私の言葉で奮起したのか、それとも自棄《やけ》になってしまったのかはわからない。

だがとにかく、彼はエルダーフロッグと本気で戦うつもりになってくれたようだ。

「むしろ、デカブツだから勝てるよ。それに奴は人質を抱えているから、口を完全に開けられないハンデもある」

「なるほど。だが、それでもあいつの外皮は厄介だぞ」

「そこはほら、知恵を絞って」

「簡単に言ってくれるなぁ！　頭脳担当はエルフの仕事だろうに！」

「種族差別はダメだよ。私はあくまで魔導師、近接戦は専門外だから」

そうこう言っているうちに、ズシズシとこちらに近づいてくるエルダーフロッグ。

動きの速い舌と比べて、本体の動きは巨体に相応しく緩慢だった。

その様子を見ながら、ボーズさんはやれやれと顔をしかめる。

「…………最後に、伝言を頼んでもいいか？」

「やだ」

「おいおい、何だよそりゃ？」

「どうせ俺が負けたらとか言うんでしょ？　縁起でもないよ！」

「……仕方ねえな。はあああああっ!!」

剣を抜き放ち、一気に切り込むボーズさん。

その動きにもう迷いはない。

「前座は私たちが受け持つよ！」

「はい！」

火と風を同時に放ち、エルダーフロッグの群れを牽制する。

そうして切り開かれた道を、ボーズさんが一気に駆け抜けた。

すると巨大エルダーフロッグは、その前脚を地面に叩きつける。
――ザバァッ!!
沼地の泥が、さながら巨大な津波のように襲い掛かってきた。
しかし、ボーズさんは怯まない。
彼は迫りくる泥の壁をあろうことか、真っ二つに斬ってしまった。
「らあああっ！」
「ゲエエエエッ！」
気勢とともに、巨大な腹の下へと滑り込んだボーズさん。
彼はエルダーフロッグの巨大な顎に向かって、下から上へと剣を突き立てる。
――ズヌリ。
切っ先が粘膜ごと分厚い皮膚を貫いた。
刹那、頭が割れてしまいそうなほどの叫びが轟《とどろ》く。
痛みに任せ、赤子のように暴れ回るエルダーフロッグ。
しかし、驚いたことにやつは致命的なダメージは受けていなかった。
冒険者を咥えたまま元気よく暴れ続け、そのままボーズさんを押しつぶそうとする。
なるほど、外皮が厄介だと言うだけのことはある。
かなり深く斬りつけたのに、傷口が粘膜で塞がれていて血がほとんど出ていない。

「ちっ！」

たまらず舌打ちをするボーズさん。

しかし、ある程度は予想していたのだろう。

彼は距離を取って体勢を立て直すと、再びエルダーフロッグに切りかかっていく。

――これが、一流の剣士の戦い方か。

相手の動きを学習しているのか、どんどんと剣閃に無駄が無くなっていく。

だが、あと一歩のところで敵の防御を破れない。

「フェル、行きますよ！」

「わん！」

すかさずイルーシャがフェルとともに援護に向かった。

しかし、やはり人質がいる環境下ではなかなか思うように魔法を使えない。

どうやらこのハズレ個体、通常個体と違って魔法にもしっかり耐性があるらしい。

精密さを重視して威力をセーブした魔法では、ほとんど通用しないようだ。

その間にも取り巻きたちが次々と攻撃してくる。

これを躱《かわ》すだけでも一苦労だ。

あと一手、防御を抜く方法があれば……。

「そうだ！　ボーズさん、塩を使ってみて！」

「塩!?」

「粘膜には塩だよ！　それでぬめりとか取れるから！」

「料理の話かよ！　だが、試すしかねえな！」

他に手はないと判断したのだろう。

ボーズさんは地面に置いたカバンに近づくと、その中から素早く塩の入った瓶を抜き取った。

「はあああああっ!!」

再び、ボーズさんは大声を上げながらエルダーフロッグへと切りかかった。

これまでの消耗具合からして、まさに乾坤一擲《けんこんいってき》。

これが躱されたら、次のチャンスはないだろう。

私はすぐさま、炎を放って取り巻きの邪魔を阻止する。

雑魚どもに邪魔なんてさせないよ！

「いっけえ！　そのまま！」

「おう！」

私の声に応じて、さらに加速するボーズさん。

――このままでは斬られる。

そう直感したらしい巨大エルダーフロッグは、ここでとうとう口を開いた。

ここに及んでは肉壁を抱えているよりも、舌で迎え撃った方が有効だと判断したようだ。

たちまち人質だった冒険者が放り投げられ、赤黒い肉の塊が鞭《むち》のように振るわれる。
――バシンッ！
舌の先端が音速を超え、風が唸った。
その瞬間、ボーズさんは手にした瓶を思い切り振り抜く。
――ザバッ!!
白い粉が豪快に飛び散り、エルダーフロッグにかかった。
直後、ボーズさんは瓶を捨てて剣を構える。
閃く剣光、描き出される軌跡。
ボーズさんは最小限の動きで舌を躱すと、すれ違いざまに斬った。
ボーズさんの剣技が達人の域へと達した瞬間だった。
血が噴き上がる。
先ほどと違って、粘膜によって傷口が塞がれることはなかった。
塩が効果を発揮したのか、それとも舌だったのが良かったのか。
考える暇もなく、ボーズさんが今度はエルダーフロッグの腹を切り裂く。
「くたばれえええっ!!」
白く柔らかな腹が二つに割れた。
即座に皮膚が蠢《うごめ》き、粘膜が傷口を塞ごうとする。

しかし、塞がらない。

激しく血を噴き出しながら、エルダーフロッグは無茶苦茶に身体を振り回す。

怪獣さながらの巨体が地面を揺らし、悲鳴にすらなっていない音が大気を震わせる。

「おっと!?」

「危ないっ！」

いよいよ息絶えるというところで、エルダーフロッグは最後の力を振り絞って跳躍した。

その動きに、力を使い果たしたらしいボーズさんは対応しきれない。

……しかし甘いね、カエルくん。

君を守ってくれた肉壁は、もう無いんだよ？

「炎よ！」

刹那に放たれた炎。

それは瞬く間にエルダーフロッグの白い腹へと吸い込まれると、燃え広がって身体を包み込んだ。

全身が不燃性の粘膜に覆われていることなど、まったくお構いなしである。

――ちょっと魔力を込め過ぎたかな？

ドラゴンと取っ組み合いが出来そうなほどの巨体といえども、所詮はカエル。

時にドラゴンをも焼く私の炎を喰らってはひとたまりもない。

丸焦げになって、そのまま地面に叩きつけられる。

「助かった。というか、あんたが最初から手を出せば一瞬だったんじゃないか？」

「ダメダメ、あんなの使ったら人質が死んじゃうよ」

「おっと、それもそうだったな」

そう言うと、ボーズさんはゆっくりと後ろを振り返った。

そこには既に、イルーシャによって先ほどまでエルダーフロッグに咥えられていた冒険者たちが寝かされていた。

特に外傷はないが、意識を失ってしまっているようだ。

「大丈夫そう？」

「ええ、軽い脳震盪だと思います」

「良かった」

冒険者たちの様子を確認したイルーシャの言葉を聞いて、私はほっと胸をなでおろした。

戦闘中、かなり激しく振り回されていたので少し心配していたのである。

「念のために、ポーションを飲ませておきました。一時間もすれば目覚めるかと」

「……守れたんだな、今回は」

どこかやり切ったような顔でつぶやくボーズさん。

私はそんな彼の肩を、ポンポンと叩いてやる。

「そうだよ、お疲れ様」

「とは言ってもなぁ。あいつらはもう戻ってこねえ。何だかなぁ……」

敵を倒して晴れやかな気分に……とはなかなかいかないようで。

ボーズさんは何とも言えない顔をすると、ふうっとため息をついた。

その吐息からは、彼の深い後悔の念がはっきりと感じられる。

人間、過去ばかり見てはいけないとは言うものの。

そうそうスッキリ過去と決別できることばかりではないのだろう。

「昔のことをいつまでも悔いてても仕方ないよ」

「そうですよ。過去のことなんて考えてたら、それだけで日が暮れてしまいます」

「エルフがそれを言うと説得力が違うな。まあ、考えていても仕方ないわなぁ」

やりきれない思いを残しつつも、ボーズさんはいったんそれらを呑み込んだ。

ま、気持ちの整理って案外時間がかかるからね。

私はひとまずそこに触れるのをやめると、気分を切り替えるべく言う。

「ところでさ。このエルダーフロッグって……」

改めて吹っ飛ばされたエルダーフロッグに近づくと、その全身をゆっくりと見定める。

うーん、あくまで直感的なものなのだけど……。

「こいつ、なんか美味しそうな気がする」

どことなく、あの日食べたドラゴンと似たようなものを感じる。

視覚でも嗅覚でもなく、本能に訴えかけてくるような何かがあった。

それはさながら、渇いた喉が水を求めるかのようだった。

すると、ボーズさんは呆れたように頭を掻きながらも言う。

「おいおい。こんなタイミングで食う気かよ！　感傷も何もあったもんじゃねえな！」

「ダメ？」

「ダメじゃねえけどよ。エルダーフロッグの唐揚げは美味いって言うしな。だが……」

「どうかしたの？」

「さっき塩を使っちまっただろ。こいつの肉は塩で臭み抜きしねえと、かなり臭みが出るぞ」

「じゃあ、いったんこいつを持って街に帰るしかないね」

「これをか？」

「そそ。ふふ、いいものがあるんだよね」

私はそう言うと、大きな布の袋を取り出した。

ただの袋に見えるが、そんじょそこらの袋とはわけが違う。

極めて複雑な魔法陣を複雑に内側に織り込むことで、空間を拡張したマジックバッグなのだ。

エルフの大魔導師である私が、長い時間を掛けて作り上げた特製である。

その性能は素晴らしく、大きめのごみ袋ぐらいのサイズの袋にトラック数杯分ぐらいの荷物がまるごと収まる。

……でっかいカエルの死骸を入れるのに抵抗感があるのか、イルーシャは微妙な顔してるけど。

「おぉ、もしかしてそれマジックバッグか？」

「そうだよ。ふふふ、これならそのエルダーフロッグだってすっぽりだもんね！」

「流石はエルフ、すげえ……。あれ、でも」

感心しきりといった様子のボーズさん。

しかし彼は、ふとイルーシャの背中にあるリュックサックを見た。

――マジックバッグなんて便利なものがあるのに、なぜリュックを背負っているのだろう？

そんな彼の疑問に答えるかのように、イルーシャがため息交じりに言う。

「考えてみてください。広い倉庫に何でもかんでもポイポイ放り込んだら、後で大変ですよね？」

「確かに、探すのが面倒だな」

「だから、下手にマジックバッグを使うよりもリュックの方が便利なんですよ。それなのにラート様ったら、考え無しに家の物をぜーんぶ放り込んだせいで大変だったんですからね！」

じろっと私の方を睨みつけてくるイルーシャ。

……あれは、私たちが旅立ったその日の夜のことだろうか。

あの時はほんと、片付けが出来ないことの恐ろしさを思い知ったね。

私自身、まさか片付けを怠ったせいで死にかけるとは予想外だったよ。

なので結局、今ではマジックバッグに入れるのは普段使わない大物だけと決めている。

そのうち、マジックバッグに選別機能とかつけたいところだ。

「……まあ、そんなことは置いといて！　とにかく、これがあればエルダーフロッグを持って帰れるよ！」

「よし、今夜はこいつで唐揚げ大会だな」

「やったぁ！　じゃ、この冒険者の人たちは……。フェル、ちょっと重いだろうけど頼める？」

「わうぅ！」

大丈夫とばかりに頷き、身体を大きくするフェル。

大きくなったその背中に、まだ意識の戻らない冒険者たちを乗せた。

足が沈んで毛皮が汚れてしまうが、緊急時なので仕方あるまい。

あとでしっかり、フェルの身体を洗ってあげよう。

「さあ、戻るよ！」

「はい！」

こうして私たちは、湿地帯を離れて街へと戻るのだった。


――○●○――

「うわぁ……‼」

その日の夜。

無事にエルダーフロッグを持ち帰った私たちは、さっそくギルドの酒場でそれを調理してもらった。

もともとが、怪獣並みの大きさをしたエルダーフロッグである。

そこから取れる肉の量は半端ではなく、街のみんなが食べられるぐらいの量があった。

当然ながら、それを材料にして出来上がった料理の量も半端なものではなく――。

「完全に山だな」

「登山ができそうですね」

見たこともないぐらい大きな皿の上に、これまた見たこともないぐらい積み上げられた唐揚げの山。

山というのは比喩ではなく、本当に人が登れそうなぐらいのサイズ感がある。

軽く百人分以上はあるなぁ。

その大きさに、ボーズさんもイルーシャも完全に圧倒されていた。

食欲旺盛なフェルでさえ、ちょっと引き気味である。

「さあ、みんな食べて！　おかわり自由だよ！」

「俺たちもいいのか？」

「もちろん！　というか、こんなの食べきれるわけないよ！」

酒場にいた冒険者たち全員に、すぐさま呼びかける。

いくら食欲にまみれた私とはいえ、これほどの大物を食べ切るのは無理だからね。

たちまち、食欲旺盛な冒険者たちが皿を手に唐揚げへと群がった。

うんうん、何とも平和的で良い光景だ。

「いたいた！　おーい！」

こうして、皆で唐揚げを食べようとした時だった。

急に二人組の冒険者がこちらに近づき、声を掛けてくる。

その顔をよく見ると、先ほど救出した二人だった。

「おー、回復したんだ」

「はい。もともと、ただの脳震盪だったようで。おかげさまでもう元気です」

「先ほどは本当に、ありがとうございました。何とお礼を言ってよいやら……」

深々と私たちに頭を下げる冒険者たち。

それに対して、ボーズさんはいやいやと首を振って言う。

「当然のことをしたまでだ、感謝なんていらねえよ。それに、これは俺の罪滅ぼしみたいなもんだしな」

「罪滅ぼしというと？」

「まだ俺がガキだった頃にも、あのエルダーフロッグと戦ったことがあってな。で、俺は当時の仲間を……助けられなかった。いや、見殺しにしちまったんだ」

重々しく告げるボーズさん。

それを聞いて、二人の冒険者は石化したように言葉を失った。

何と言ってよいかわからないとは、まさしくこのことだろう。

彼女らはしばし動きを止めた後、やがてゆっくりとお互いの顔を見合った。

そして――。

「そうだとしても、私たちは……ボーズさんに感謝します」

「悪いのはすべて、あのエルダーフロッグですよ！」

「そう思うなら、あんたたちは逃げた仲間のことを許してやってくれ。俺みたいな奴は増やしたくねえ」

ボーズさんにそう言われ、ハッとしたような顔をする二人。

恐らく、彼女たちにとってはよっぽど予想外の言葉だったのだろう。

……ここで自分の救済じゃなくて、他者の救済を望むなんてボーズさんらしいや。

私は彼の人の好さに、心が温かくなるような気がした。

「……わかりました。明日、話し合ってみようと思います」

「そうしてやれ。多少、わだかまりは残るだろうが……それが救いになる」

「はい！」

再びボーズさんと私たちにお辞儀をすると、二人の冒険者は雑踏の中に消えていった。

彼らの姿が見えなくなったところで、私は渋い顔をしているボーズさんに話しかける。

「良かったの、あれで」

「あれ以外にどうしろってんだよ」

「まあそうだけどさ。もうちょっと自分のこと考えたら？」

「自分のことだけ考えられる歳じゃねえんだよ、もう」

こうして、私たちが話をしていた時だった。

先ほどエルダーフロッグを預けた解体場のおじさんが、こちらに駆け寄ってくる。

「良かった、ここにいたんだな」

「なんだ、親父。解体料ならもう払っただろ？」

「そうじゃなくてな。あのカエルの腹から出た物を渡しに来たんだよ。モンスターから出た物はすべて、冒険者の物になる規則だからな」

「あいつ、武器でも食ってたのか？」

「そうじゃないんだがな。たぶん、お前さんが喜ぶものだ」

そう言っておじさんが取り出したのは、小さな銀製のロケットだった。

微かにだが、魔力の気配がする。

それを見た途端、ボーズさんの顔色が変わった。

「これは……ニアの……」

「保護魔法のおかげで、溶けずに残ってたんだろう。中を見てみろ」

「あ、ああ……」

おじさんに言われるがまま、ボーズさんはロケットの蓋を開けた。

すると中には、折りたたまれた小さなメモ用紙のようなものが入っていた。

茶色く変色したそれを開くと、そこには——。

「……生きて、か。許されてたんだな……」

ボーズさんの眼から、はらりと涙がこぼれた。

十年にも渡る精神的な重荷。

それから解放された喜びと安堵は一体いかばかりか。

流石の私でも、それを推し量ることは難しい。

「なぁんだ、もう許されてたんだね」

「……ああ」

涙を拭き、ゆっくりとこちらを向くボーズさん。

その表情にもう憂いはなく、晴れやかなものとなった。

そして、初めて会った時とは比べ物にならないほどの覇気が感じられる。

どうやらこれが、過去のトラウマによって抑えられていたボーズさん本来の風格というものらしい。

……こりゃ思った以上だ、将来は一角の英雄にでもなるかもしれない。

「頑張ってね。それが仲間のためにもなるんだから」

「もちろん。そういうララートたちこそ、これからどうするんだ？」

「そだね、とりあえず美味しいものが食べられればそれでいいかな。今のところは」

「相変わらず緩いやつだなぁ。その気になれば、特級にだってなれるだろうに」

はて、特級とは何だろう？

ギルドに加入するときに、サラッと説明を受けたような気もするけれど……。

残念ながら、パッと浮かんではこなかった。

するとボーズさんが、やれやれといった顔で告げる。

「特級と言ったら、ギルドからさまざまな特権を認められた全冒険者のあこがれだろうが。知らねーのか？」

「まあ、もともと冒険者になったのも成り行きだし？　出世欲もあんまりないからね」

これについては、もともとエルフがそういう種族だというのもある。

もしエルフに人間並みの支配欲や出世欲があったら、今頃は帝国でも作っているだろう。

「それよりも、早く食べないと唐揚げが……」

「……ララート様、ちょっといいですか？」

ここで、イルーシャが小声で耳打ちをしてきた。

んもう、タイミング悪いなぁ！

何だろ、脂物は身体に悪いとか言うのかな？

私はとっさに、唐揚げを山盛りにした皿を手で守りながら言う。

「この唐揚げは絶対に食べるからね！　邪魔はさせないよ！」

「そうじゃなくて。いいんですか、言わなくて」

「何を？」

「…………今日の戦い、ララート様もこっそり手を貸してましたよね」

ボーズさんの様子を窺《うかが》いながら、彼に聞き取られないように囁《ささや》くイルーシャ。

ああ、そっちか……。

流石は我が愛弟子、魔力の微細な流れに気付いていたらしい。

「私がボーズさんに補助魔法を使ってたとでも？」

「はい」

「違うよ、あれは彼の実力」

「そんなことないですよ。それに、最初から倒そうと思えばあのエルダーフロッグも倒せましたよね？」

「どうして？」

「ララート様の火魔法って、いざとなったら葉っぱを打ち抜けるぐらいの精度あるじゃないですか」

流石に我が弟子、師ができることはきちんと把握している。

実のところ、私が本気になれば狙撃の様な精度で攻撃することもできるけれど……。

でもここで、はっきり答えてしまうのも無粋って奴だろう。

今回の物語では私はあくまで脇役、せいぜいかぼちゃの馬車を用意した魔女ぐらいの役割なのだから。

「無粋なこと言わないでさ。せっかく、上手くまとまったんだから」

「それはわかっているのですけど……。事実としてはっきりさせておきたくて」

「相変わらず真面目だなぁ。そんな顔してないでほれほれ」

「か、唐揚げなんて食べません！」

「そんなこと言わないでさ。お腹空いてるでしょ？」

「大丈夫です！　私にはお野菜が……あれ？」

唐揚げの隣に、付け合わせとしておかれていた葉物野菜。

それがいつの間にか、完全に消失してしまっていた。

あー、唐揚げに比べて量が少なかったから食べられちゃったか。

周囲を見回せば、レタスで唐揚げを包んで食べている人たちがいる。

へえ、ああして食べるのも美味しいのか。

「わ、私のお野菜が！」

「出遅れちゃったせいだね。うん、仕方ない」

「うぅ、これでは食べるものが……」

「だから、唐揚げ食べよ？　んん……！」

イルーシャにあえて見せつけるように、唐揚げを口に放り込む。

――サクッ！

カラッとした衣の食感が伝わると、途端に濃厚な肉汁が弾けた。

おぉ、これはまた鶏の唐揚げとは違った美味しさだ。

肉がしっとりとしていて柔らかく、噛めば噛むほどに旨みが出てくる。

熟成された旨みとは、まさにこのことだろう。

衣の食感も心地よく、塩ベースの味付けも絶妙だ。

脂で重くなってしまいがちな唐揚げを、ほのかに苦みのある自然の塩がしっかりと引き締めている。

なるほど、こりゃ塩がないとダメだってボーズさんが調理を断ったわけだ。

エルダーフロッグはこうして食べるのが一番美味だとわかっていたのだろう。

「むはー、美味しい!! ほら、イルーシャも食べなって！」

「で、ですが……」

「平気だよ。里から離れているんだから大樹様も見てないし掟も適用されないよ」

「それ、本当ですよね？」

「うん、だから何度も言ってるじゃん」

「嘘じゃないですよね？」

「へーきへーき」

私がこれだけ言っても、掟を破ることが相当に後ろめたいのだろう。

イルーシャは周囲を何度も見回し、他の同胞がいないことをしきりに確認した。

そして天を仰ぐと、両手を組んで深々と頭を下げる。

「母なる大樹よ、お許しください。私、お肉を食べてしまいます……！」

懺悔を終えたところで、イルーシャは思い切って勢いよく唐揚げを口に入れた。

――パクッ！

その口が閉じられた瞬間、彼女の眼がカッと見開かれる。

「これが……お肉!?」

「どう？ 美味しいでしょ？」

「お野菜とは違った濃厚な旨みが……洪水みたいに……ああ……！」

頬を赤らめながら、身体をよじって悶絶するイルーシャ。

よほど、お肉の味が衝撃的だったのだろう。

何だか、ちょっとエロいな？

美少女が息を荒くしてもだえる姿は、何とも言えない官能的なものがある。

「……はあ、はあ。衝撃的でした」

数分が過ぎ、少し落ち着いたイルーシャがそう告げた。

その姿は、さながら戦いを終えて来たかのようである。

ふ、これでイルーシャもお肉の素晴らしさを知っただろう。

これで口うるさいことを言われずに、制限なく好きなだけお肉が食べられるね！

「ま、今まで野菜しか食べてないエルフならそうなるよね」

「はい。ちょっとぐらいなら……良さそうです」

お、あのイルーシャのガードがだいぶ緩んでいる……！

これは勝ったな、私の食生活は安泰だ。

……そう思ったところで、イルーシャは急に緩んでいた表情を引き締める。

「でも、ララート様はお肉の食べ過ぎです！　いくら美味しいからって、それだけを食べちゃダメですよ！」

「……まあ、今日はもうこれしかないし？　しょうがないよね」

そう言うと、私は唐揚げをフォークで刺してポイポイッと口に放り込んだ。

禁断の二個まとめ食いである。

ちっちゃい口をハムスターのように膨らませて、もぐもぐする。

するとたちまち、イルーシャの眼が大きく見開かれた。

「ああ！　言ってるそばから！　そんなにお肉ばっかり食べてると、身体を壊しちゃいますよ！

エルフは菜食なんですから！」

「このぐらい大丈夫だって」

「そういう油断が行けないんです！　それに、太ったらどうするんですか！」

「そうなったらイルーシャに面倒見てもらうから」

「だ〜め〜で〜す〜！」

そのまましばらく、押し問答を繰り広げる私とイルーシャ。

こうしてその日の夜は、騒がしく更けていくのだった。

第四章…美味しいモンスターを求めて

「イルーシャ君。ここ数日の活動を通じて、私は一つの仮説に至ったのだよ」

「なんですか？　いきなり変な口調で」

「もう、ノリが悪いなー」

エルダーフロッグの討伐から、およそ一週間。

あの後も何回かモンスターを討伐し、そのたびにお肉を食べた私はとあることに気付いた。

とてもとても重要な、ある事実に。

「モンスターはね、強いほど美味しい！」

「言われてみれば……」

腕組みをして、少し考え込むような仕草をするイルーシャ。

実は彼女も、ちょっとずつではあったがお肉は食べていた。

それはさながら、ダイエット中のＯＬが言い訳しながらスイーツをつまむよう。

今日はお腹が空いているとか、お野菜もたくさん食べたからとか、あれこれ言いつつも食べていた。

「だから、ちょっと強いモンスターの討伐依頼を受けてみようかなって」

「ララート様の実力なら、よっぽど大丈夫だとは思いますけど……」

「わん、わんわん！」

「ほら、フェルも美味しいお肉食べたいって」

「……わかりました。いいですよ」

「やった！」

さっそく、私は依頼を引き受けるべくギルドのカウンターへと急いだ。

こうしてギルドのウェスタンドアを押し開けると、たちまち受付嬢さんが話しかけてくる。

「あ、ララートさんにイルーシャさん！　ちょうどいいところに！」

「どしたの？　ずいぶん焦ってるみたいだけど」

「実は先ほど、緊急の依頼が入ってですね……。引き受けてくださる冒険者はいないか、探してたんです」

「どんな依頼なの？」

「……アースドラゴンの討伐依頼です」

重々しい口調で告げる受付嬢さん。

アースドラゴンか、大地を司《つかさど》ると言われる強力なドラゴンだね。

私の強いモンスターほど美味しい理論を証明するには、これ以上ない相手だろう。

この間のドラゴンは、結局、一口食べただけで大騒ぎになっちゃってそれ以上は食べられなかったしなぁ。

ドラゴン肉の野生的でパンチの利いた味は、思い出すだけでもよだれが……。

「あの、ララートさん？」

「あ、いけない！」

「まったくララート様ってば……。この非常時に何を考えてるんですか」

「あはは、ついね。でも大丈夫。その依頼は私たちが引き受けるから」

「おお！　竜級魔法の使えるララートさんなら安心です！」

私の手を握り、ありがとうございますと何度も頭を下げる受付嬢さん。

……ま、アースドラゴンは強敵だからね。

相手にできる冒険者は限られているだろうから、ギルドも困っていたのだろう。

「任せといて。ドラゴンの一匹や二匹、軽い軽い」

「流石です！」

「でもララート様、ドラゴン相手に自爆してしばらく寝込みましたよね？」

「あれは相性最悪だったし、やたら強いドラゴンだったからね」

炎の魔法を得意とする私にとって、火属性のドラゴンというのは最悪に近い相手である。

そして、里を襲ったあのドラゴンは規格外と言っていいほど強かった。

それこそ、ドラゴンの中のハズレ個体だったのかもしれない。

「とにかく、調子に乗り過ぎないでくださいよ。ララート様、ただでさえうっかりしてるんですから」

「失礼だなー、そんなにうっかりしてないって」

「寝癖のついた頭でそれを言っても、説得力がないです」

「え、うそ!?　ほんと？」

「ほら、頭の後ろがはねてます」

そう言うと、イルーシャは懐からサッと鏡を取り出した。

覗いてみれば、確かに頭の後ろがピンッとはねている。

あちゃー、後ろだったから髪をすいたときに気付かなかったんだね。

慌てて手櫛《てぐし》でほぐそうとするが、逆に寝癖がひどくなってしまう。

「ま、まあ。それと魔法とは関係ないから大丈夫！　それより、そのアースドラゴンってどこに出たの？」

「王国南部の鉱山地帯です。だいぶ離れたところなのですが、現地のギルドでは対応できる冒険者がいなくて」

「向こうまではどのように移動すれば？　徒歩ですか？」

「いえ、ギルドの方で馬車を手配しています。明日出発してください」

「……南部か」

……はて、南部と言えば何かあったような？

長老様から何かを言い含められていたような気がするが、どうにも思い出せない。

たぶん、私がまだ子どもの頃の記憶だな。

ううーん、なんか近づいちゃいけないとかそんな類のことだったような……。

「どうしたんですか？」

「んにゃ、南部って何かあったっけ？」

「さあ？　行ったことがないので」

「そうだよねえ」

イルーシャの方は、特に何も思い当たる節はないらしい。

ま、この子が聞いてないならそんなに重要なことでもないだろう。

最悪、私の魔法で恐らくどうにかなるなる。

「じゃ、いったん宿に戻って出発の準備をしようか」

「はい！」

「それでは、夕刻の鐘がなりましたらギルドの方へ。馬車を準備してお待ちしております」

こうして私たちは、アースドラゴンを討伐するべく南に旅立つのだった。

○●○

「あ〜つ〜い〜！」
馬車にゆらり揺られてはや数日。
草原を抜けて大きな川を越えて、私たちはいよいよ南部の鉱山地帯へと達した。
周囲はごつごつとした岩が転がっていて、植物はまばら。
まるでどこぞの雷親父の頭のように、灌木《かんぼく》がぽつりぽつりと寂しく生えている。
私たちエルフとは、あんまり相性の良くなさそうな土地だ。
おまけに気温が高く、幌の中に居ても汗が出てくる。
全身を毛皮に覆われているフェルなど、馬車の中でぐでーっと大の字になっていた。
精霊獣でも、暑いものは暑いらしい。
まあ、ほとんど物質界の存在だからさもありなん。
「うう、暑い……。この依頼、断るべきだったんじゃないですか？」
普段は責任感の強いイルーシャが、こんなことを言い出した。
そう言えば、エルフの森は年中涼しくって快適だったもんなぁ。
エルフは暑さには人より弱いのかもしれない。

「……そう言われると、私も後悔してきた」

「ははは、お嬢ちゃんたちだいぶ参ってるねえ！」

私たちがぐったりしていると、見かねた御者さんが声を掛けてきた。

彼はほらよっと、水の入った革袋をこちらに投げてくる。

「それでも飲んでな。あと少しでましになるから」

「え？　でも、日はまだ高いですよ」

時刻はお昼前。

日が暮れて涼しくなるには、まだまだ時間があるだろう。

すると御者さんは、笑いながらそうじゃないと言う。

「すぐにわかるさ、まあ見てな」

「へえ、そりゃ楽しみ」

こうして話しているうちに、馬車は小さな丘へと差し掛かった。

やがてその頂上に差し掛かると、視界が一気に広がる。

すると――。

「うわー、でっかい谷！」

「いい景色ですね！」

山々の裾野に沿うようにして、大きな渓谷が形成されていた。

その底には大きな川が流れていて、さらに崖から川に向かって飛び出した半島のような場所もある。

周囲の土地と比べると一段低いそこには、家々が所狭しと建ち並んでいた。

「あそこが目的地のバターリャさ」

「へえ、あんな場所に街があるんだ」

「人間はずいぶんと辺鄙な場所に住みますね」

「少しでも涼しい場所を求めた結果だそうだ。川のおかげで、あの辺りはだいぶ涼しいんだよ」

話をしている間にも、馬車は谷底にある街に向かってゆっくりと崖を下り始めた。

やがて下から、ふわりと冷たい風が吹き上がってくる。

あー、気持ちいい！

火照った身体から、熱が奪い去られるようだ。

そりゃ、この辺りの人たちも涼しい場所を求めて集まるわけだよ。

「ふああ……。気持ち良くって眠たくなってきた」

「もうすぐ着きますよ。寝ちゃダメですって」

「大丈夫だよ、五分だけだから……」

「もう……」

呆れた顔をしつつも、イルーシャは膝を貸してくれた。

あー、美少女の柔らかい肌は最高なんじゃ……。

別に百合の気《け》があるわけではないが、やっぱ女の子の膝っていいよねえ。

髪の毛からほのかに甘い匂いまで漂ってきて、まったくけしからん。

「あー、若返った気がするのじゃ……」

「何を急におばあちゃんみたいなことを……」

「よいではないかよいではないか」

こうして、イルーシャと二人でキャッキャと騒いでいた時だった。

急にどこからか、激しい怒号が聞こえてくる。

「アースドラゴンが暴れているのは貴様らのせいだ！　今すぐ出て行け！」

「何を！　お前たち人間のせいだろう！」

慌てて起き上がって周囲を見回すと、街の入り口に何やら人だかりができていた。

街の住民らしき人々とやたら背の低い男たちが、激しく言い争いをしている。

まさに一触即発。

今にも両者の間で小競り合いが始まりそうな雰囲気だった。

「……なんだろ、あの人たち」

「またドワーフと街の連中が揉めてるのか」

「え、ドワーフですか？」

たちまち、イルーシャの顔色が変わった。

ドワーフと言えば、私たちエルフにとっては不倶戴天の敵である。

彼らは木々を燃料として使うため、長らく森を守護するエルフと対立してきたのだ。

時としてその対立は戦争となり、既にお互いに多くの血を流している。

もっとも、私たちの世代はドワーフとの戦争を経験してはいないのだが……。

親やその上の世代から、嫌と言うほどドワーフの脅威については聞かされてきた。

「そっか、南部にある何かってドワーフの国のことか」

ここでようやく、私は長老様から聞いたドワーフの国のことを思い出した。

何か引っかかっていたのだけど、すっかり忘れていた。

長老様曰く、南部の山奥にドワーフたちの地下王国があると。

「まずいですよ、ドワーフなんかと関わり合いになっちゃ……」

「御者さん、迂回して別のところから街に入ってくれる？」

「そりゃ無理だ。あいにく、バターリャの街はあそこからしか入れねえ」

……なんとまあ面倒な。

ダメもとで周囲を見回してみるものの、言われた通り、街を囲む壁には他に隙間などまったくなかった。

こうなったら、騒ぎが収まるまでしばらく待つしかないか……。

私たちは街の手前で馬車を止めると、しばらくそこで騒ぎの推移を見守った。

しかし、お互いに何か譲れないものがあるらしい。

住民とドワーフたちは次第にヒートアップしていき、いまにも喧嘩《けんか》が始まりそうだ。

「ララート様、どうします？」

「こりゃ当分は終わりそうにないね。うーん、本当はいけないけど……」

街を囲む城壁に目をやる。

高さはざっと五メートルといったところだろうか。

身体強化と風魔法を使えば、飛び越えられない高さではない。

「よし、行くよイルーシャ」

「それ、大丈夫ですか？」

「衛兵はあの騒ぎに気を取られてるみたいだし、きっと大丈夫」

そう言うと、私は馬車を降りて足早に城壁の前へと向かった。

そして身体強化を掛けると、そのままひょいっとジャンプして壁の上へと飛び乗る。

イルーシャやフェルも、すぐさまその後に続いて昇ってきた。

「おー、ここから見るとまたいい景色！」

壁の上から見る街は、さながら雄大な渓谷の中に浮かぶ島のようであった。

前世のテレビで見た空中都市マチュピチュ。

あれに少し雰囲気が似ているかもしれない。

建物も石を組み合わせて作られたもので、山間の街らしく重厚な感じだ。

こうして見事な景色を楽しんでいると、どこからか香ばしい匂いが漂ってくる。

「この匂いは……お腹空いて来た！」

「あ、ちょっと！　待ってくださいよー」

すぐさま匂いのする方へと向かった私。

その後を慌てて、イルーシャたちもついてくるのだった。


――○●○――


「んんー、美味しい！」

何とも香ばしい匂いの出所となっていた露店。

そこで私は街の名物だという干し肉の炒め物を買うと、すぐさま口に放り込んだ。

たちまち凝縮された肉の旨みと香辛料の刺激が食欲中枢をガンガン揺さぶってくる。

舌がピリッとして、こりゃご飯が欲しくなる味だね！

「このパンに挟んでみな！」

「お、いいね！」

「銅貨一枚だよ！」

「もう、商売上手だなぁ！　はいよ」

露店のおじさんに言われるがまま、パンを買って肉を挟んでみる。

すると刺激がいい具合に中和されて、とってもいい。

柔らかく焼き上げられた白パンのボリューム感も最高だ。

オンザライスならぬ、インザパンって感じだね。

元日本人的には白米の方がやや勝るけど、この世界の人にはこれがベストかもしれない。

「わん、わん！」

「フェルも食べたいの？　でも辛いよ？」

「わん！」

念のため尋ねるが、そんなの関係ないとばかりにフェルは尻尾を振っておねだりしてきた。

まぁ、精霊獣だし刺激物を食べてもたぶん大丈夫だろう。

私が肉を挟んだパンを差し出すと、フェルはすごい勢いでかぶりつく。

「わおぉん……！」

もうたまらんとばかりに、フェルは天を仰いで遠吠えを響かせた。

そしてそのまま、大きなサンドイッチをあっという間に食べつくしてしまう。

「口の周りが汚れてますよ」

イルーシャはすぐさまハンカチを取り出すと、フェルの口回りを掃除した。

お腹が満たされたフェルは、とってもご機嫌な様子でされるがままになっている。

「わうぅ……」

「さあ、そろそろ寄り道はやめてギルドへ行きましょう！　きっと、私たちの到着を待ってますよ」

「なら、おっちゃんエールちょうだい！　あと炒め物も追加で！」

「ダメです！　これからギルドへ行くのにお酒を飲んでどうするんですか！」

んぐぐ、あの炒め物には絶対にお酒が合うのに！

私はそう思ったが、イルーシャの言うことがあまりにも正論過ぎて反論できなかった。

一応、私たちはこの街へアースドラゴンの討伐に来ているのだ。

「だ、大丈夫！　他の冒険者の人だって、ギルドでお酒飲んでるじゃん！」

「あれは仕事が終わった後ですよ。仕事する前に飲む人はいません」

「イルーシャがロジハラする！」

「なんですか、ろじはらって」

「……こっちの話だよ！」

異世界にはまだ、ロジハラなんて概念は存在しなかった。

こうして私はイルーシャに半分引きずられて、仕方なく冒険者ギルドへと向かう。

通りを進んでいくと、冒険者ギルドを示す剣の紋章を掲げた大きな建物が目に飛び込んできた。

だいたい、どこの街にあってもギルドというのは似たような雰囲気となるらしい。

外観こそ他の建物と同様の石組みだが、中に入ると内装はほとんど初めに訪れた街と同じだ。

集まっている冒険者たちのレベルも似たようなものだろうか。

「こんにちは！　見慣れない方ですけど、旅の方ですか」

きょろきょろしているとすぐに、カウンターにいた受付嬢さんから声を掛けられた。

流石は接客業というべきか、街の冒険者かそうでないかはすぐにわかるらしい。

まあ、周囲の様子を見ていたからわかりやすかったのだろうけど。

「ええ。私たち、トゥールズの街からアースドラゴンの討伐に来たんだ」

「ああ、エルフの魔導師の方々ですか！」

イルーシャの予想は、どうやら正しかったらしい。

私たちが素性を名乗ると、受付嬢さんはすぐさま深々とお辞儀をしてきた。

どうやら、私たちの到着を相当待ち侘びていたようだ。

「アースドラゴンのせいで、いまバターリャの街は大変なことになってるんです！」

「ありゃりゃ、何が起きてるの？」

「おや、見ませんでしたか？　ついさっきも街の入り口で、ドワーフが揉め事を起こしていたでしょう？」

そう言うと、不思議そうに首を傾げる受付嬢さん。

……なるほど、今回の一件にはドワーフも関わっているのか。

たちまち、隣に立っているイルーシャの顔が険しくなった。

私としては別に、ドワーフに対しての悪感情は無いんだけど……。

向こうもエルフは嫌いだろうし、なかなかめんどくさいことになったな。

「ひとまず、詳しいことは領主さまからお聞きください」

「領主さま？」

「はい。今回の依頼主は、この街の領主さまなのです」

ドワーフに引き続き、今度は人間の貴族か。

いろいろと厄介そうな気配を感じた私は、たまらず渋い顔をするのだった。


――○●○――


「ここが領主さまの館か、なかなかデカいね」

街の奥、巨大な崖から飛び出した半島のちょうど先っぽに当たる部分に領主さまの住む館はあった。

他の建物より一回り以上大きい上に、さらに建築様式も異なる建築物だった。

おかげでとてもよく目立っていて、若干の異物感がある。

「……あんまり行きたくないなぁ。マナーとかめんどくさいし」

「そんなこと言って、仕方ないじゃないですか。今さら依頼を断れませんし」

「そりゃそうなんだけどさぁ」

前世で部長の家にお呼ばれしたことを思い出して、何となく憂鬱になる。

部長自身は気の小さい優しい人なんだけど、あそこは奥さんがなかなか強烈だったからなぁ。

あのトラ柄おばさん、まだ元気にしてるだろうか？

いや、私がララートになってからずいぶん経つから流石に生きてるわけがないか。

「ララート様？　ぼんやりしてないで行きますよ」

「はいはい、わかったよー」

気乗りしないものの、ここまで来て依頼を放り投げてしまうわけにもいかない。

イルーシャに促され、私は館の前にいる衛兵さんに声を掛けた。

するとすぐさま、ロマンスグレーの髪をした執事らしき人物が現れる。

スーツがビシッと決まっていて、凄く仕事ができそうな雰囲気だ。

「ようこそおいでくださいました。私が案内させていただきましょう」

「はーい」

こうして執事さんに続いて館の中に入ると、すぐに応接室へと着いた。

大きなテーブルを挟んで二つあるソファのうち、片方に私とイルーシャは並んで腰を下ろす。

あー、ふっかふか！

バターリャまでの道中で痛めつけられたお尻が、急速に癒されていくかのようだ。

こりゃ、人をダメにするソファだなぁ、ちょっとうとうとしてきちゃったよ。

「ララート様？　寝ちゃダメですよ」

「…………いや、寝てないよ？」

「明らかに今、反応が遅れましたよね？」

じとーっとした目でこちらを見てくるイルーシャ。

疲れてるんだから、別にそのぐらいいいでしょ。

どうせお偉いさんは、平気でこっちを待たせるんだから……。

「待たせてしまった、すまない」

「あ、こんにちは！」

思いのほか早くやってきた領主さまに、私はちょっとびっくりしながら返事をした。

その動揺を知ってか知らずか、領主さまはゆったりと私たちの向かいに腰を下ろす。

「私がこの街の領主のカイゼル・レム・フォワードだ」

「私はエルフの魔導師のララート。で、こっちが弟子のイルーシャだよ」

「……あなたが師匠で、こちらがお弟子さん？」

「そうそう、エルフの歳は見た目によらないから」

「ほう……なるほど」

「イルーシャです！　よろしくお願いします！」

緊張しているのか、ずいぶんと硬い感じのイルーシャ。

それを見た領主さまは、たちまち笑みを浮かべて言う。

「緊張なさらずとも良い。そうだ、お茶でも飲みますかな？　良い茶葉が入っておりますぞ」

「ぜひ」

イルーシャがそう言うと、すぐさま執事さんがお茶の準備をしてくれた。

たちまち、ふんわりと甘く豊かな香りが漂ってくる。

紅茶の種類はあまり詳しくないが、前世で買ってたティーバッグとは明らかに違うね。

高級品ならではの気品とか風格といったものが感じられる。

「どうぞ」

「ありがとう。……んん、美味しい」

「いいですね！」

たちまち顔をほころばせる私たち。

ふわりと鼻を抜けていく香りはかなり強いが、それでいて清涼感があって軽やかだ。

ハーブか何かが少し含まれているのかもしれない。

そして紅茶自体も、口当たりがよく滑らか。

かなり温度が高いはずなのに、不快な熱さを感じないのは少し不思議だ。

執事さんの温度調整がよほど巧みなのだろう、味自体も甘いがスッキリしていて飲みやすい。

「喜んでもらえて何よりです。この辺りの紅茶は絶品でしょう？　数少ない名産の一つです」

「へえ、この辺りってお茶の栽培をしてるんだ」

「ええ。高地で採れる茶は貴重品でしてな、王都で高く売れるのですぞ」

そう言えば、前世のダージリンとかもヒマラヤの山麓で採れるんだったっけ。

この辺りは標高も高くて水も豊かだから、なかなかいい茶葉が出来そうだ。

街の雰囲気からして、主にこれらは輸出品だろうけど。

「エルフの方も、お茶は嗜《たしな》むのですか？」

「主にハーブティーを。紅茶はあまり飲まないかも」

「なるほど。エルフの育てるハーブティーは旨そうですな」

「それはもう！　里にいた頃のララート様は、毎日飲んでましたからね」

「ほほう……」

このまま、領主さまと和やかな歓談に突入した。

客をもてなすのがうまいのか、エルフの話がなかなか珍しいのか。

領主さまは私たちの話を興味深そうに聞いてくれる。

「それでは、ララート殿はもともとエルフの里の守り人だったと？」

「そうそう。このイルーシャと一緒に里をずっと守ってたんだ」

「はい！　ララート様は歴代の守り人でもすごい方だったんですよ！」

「それがどうしてまた、森を出ることに？」

「えっとそれは……」

「見聞を広げようと思って。森に引きこもってたら、知識も限られちゃうからね」

「なるほど、それはごもっとも」

……そろそろ、話を切り替えて本題に入った方がいいな。

嘘をつくのが苦手なイルーシャが、余計なことを言ってしまいそうだ。

私は姿勢を正すと、少し前傾姿勢を取って言う。

「そろそろ依頼についてなんですが。アースドラゴンはどこにいるんです？」

「……この山のどこかです。困ったことに、普段は地中に潜っているのですよ」

「つまり、暴れる時だけ外に出てくると」

それはまた面倒な話である。

私はやれやれと窓の外に広がる雄大な山々を見た。

いくらアースドラゴンが大きいと言っても、あの山々のどこかに埋まっているのを見つけ出すなんて現実的ではない。

暴れて街に近づいてきたところを、迎え撃つしかなさそうだ。

「アースドラゴンが出てくる周期は？」

「だいたい五日か十日に一度、街の近くに現れては歩き回っている」

「歩き回る？　それだけですか？」

ここでイルーシャが、少し驚いたような顔で領主さまに尋ねた。

すると彼は、たちまち顔を険しくして言う。

「それだけだなんてとんでもない！　この辺りの地盤はあまり良くなくてな、巨体で歩き回られるだけであちこち山崩れが起きて大変なのだ。ついこの間も、街道が封鎖されてしまって復旧に五日もかかった」

「あー、この街でそれは厳しいね」

このバターリャの街は地形的に陸の孤島と言ってもいい場所である。

そういう場所で街道の断絶は致命的だろう。

前世の日本でも、災害が起きると山間部の集落が孤立して大変なことになっていたっけ。

この世界だとヘリコプターで空輸とかもできないから、いっそうまずい。

「もっと深刻なのがドワーフたちの地下王国だ。落盤で大被害を被《こうむ》ったらしい」

「もしかして、さっき街でドワーフと人間が揉めてたのもそのせい？」

私がそう言うと、領主さまは眉をひそめて渋い顔をした。

そして少し困ったように言う。

「ああ、そうだ。連中はどうも、アースドラゴンが暴れ出した原因はこの街の人間にあると思っているらしい」

「何か疑われるようなことでもしたの？」

「……実は近頃、この辺りでモンスターの乱獲が起きていてな。ドワーフたちはそれが山の生態系を乱し、アースドラゴンの目覚めを招いたと言っている」

「うーん、無くはない理由だけど……。乱獲の原因は何なの？」

「このほど、魔石の買取価格が上昇していてな。それで一部の商会が冒険者を雇い、片っ端からモンスターを狩りまくっているのだ」

なるほどねえ……。

魔石というのは、モンスターから取り出すことのできる魔力の結晶体である。

便利な魔道具や一部の武器等に使用されるものだ。

人間の魔法使いが魔力の底上げに使ったりなんかもする。

ようは、魔力を蓄えておくバッテリーみたいなものだ。

ゆえに需要は高く、価格が上がったとなれば乱獲が起きても無理はない。

「それだと、人間が悪いってのもまんざら否定しきれないかもねえ……」

「あくまでドワーフたちの主張を信じるのならばな。それに、街にはドワーフが悪いという者たちもいる」

「え？」

「ドワーフたちは自分たちが製造した武具をこの街へと売りに来るのだがな。最近、その量が大きく増えているのだ。これを根拠に、彼らが無理な鉱山開発をしているのではないかと言う者もいる」

「で、それがアースドラゴンの目覚めに繋がったと」

「そういうことだ」

これもまた、あり得なくはなさそうな話だ。

……まったく、ややこしい事態になったものである。

これでは、お互いがお互いを悪いと言い合って収拾など付くはずがない。

「参ったね。こりゃ、とにかく早くアースドラゴンを倒すしかなさそうだ」

「とは言っても、どこに出るのかわからないと迎え撃つのも難しそうですよ」

「……一度、ドワーフの地下王国へ行ってみるといいかもしれない。直近だと、彼らの国の上にアースドラゴンが現れたそうだ」

「ドワーフの国ねえ……」

たまらず顔を見合わせる私とイルーシャ。

長年の遺恨がある彼らが私たちエルフを受け入れることはないのではなかろうか。

下手をすれば、みんなで石を投げてくるぐらいのことは平気でしそうだ。

「実は我々エルフとドワーフは仲が悪くて……」

「そうなのか？　ならば、手土産を付けてやろう」

「手土産？　何ですか？」

「ドワーフへの土産は決まっている。酒と腸詰めだ」

「腸詰め？」

私は領主さまへ少し食い気味になりながら聞き返した。

ソーセージは前世で好きだった食べ物の一つである。

この世界にもないかと探していたのだが、トゥールズの街では売っていなかったのだ。

鉄板で皮をカリッカリに焼き上げたソーセージって、ほんと美味しいからね！

ボイルももちろんありだけど、私は断然焼き派だ。

これは譲れない。

「……ララート殿も腸詰めが好きなのか？」

「とっても！」

「ならば、食べていくかね？　そろそろ夕食にしようと思っていた頃なのだ」

これは何ともありがたい申し出。

私は一も二もなく、領主さまに深々とお辞儀をした。

「ありがとう、領主さま！」

「なに、客人をもてなすのも私の仕事のうちだ」

そう言うと、さっそく席を立って私たちを案内する領主さま。

彼に連れられて食堂へと入ると、私たちはゆっくりと席に着いた。

すると私たちの到着を待ちかねていたように、すぐにメイドさんが料理を運んでくる。

スープにパン、ピクルスにそして……山盛りのソーセージ！

ハーブの練り込まれた白いタイプで、ほこほこと湯気が立っていた。

そして、その脇には粒の粗い岩塩らしき粉の入った小皿が置かれている。

「おお、これが……！」

「バターリャ名物、羊の腸詰めだ。熱いから気を付けて食べるのだぞ」

「いただきます！」

領主さまの許可が出るや否や、私はソーセージにかじりついた。

――パリッ！

たちまち、天然の腸ならではのしっかりとした力強い食感がした。

これこれ、このパリッと弾ける感じがいいんだよ！

それと同時に、内部に閉じ込められていた旨みが一気に溢れ出してくる。

「んん！」

口を駆け抜ける濃厚な肉の旨み。
日本の一般的なソーセージと比べるとかなりのあらびきで、とても肉々しい。
そのため羊肉独特の臭みが少しだけ出ているが、これはこれでいいものだ。
さらにそこへ、用意されていた岩塩を付けると……。
「大勝利……!!」
塩気とミネラルの苦みが、一気に味に深みをもたらす。
刹那、口の中に大自然が広がったような気がした。
これはもうたまらない。
私は口をいっぱいに広げると、思いっきりソーセージを頬張る。
「そんなに一気に食べたら、のどに詰まりますよ!」
「……ん、大丈夫だって。ほら、イルーシャも食べなよ」
私はソーセージの載ったお皿をイルーシャの方へと押した。
すると彼女は、わずかに逡巡するもののゆっくりとフォークを伸ばす。
前に唐揚げを食べたことで、お肉へのハードルが少し下がっているようだ。
――パリパリッ!
ソーセージの弾ける心地よい音が、再び私の耳に聞こえてくる。
そして次の瞬間、イルーシャの表情がふにゃんっと緩んだ。

「はふぅ……！」

幸せそうな吐息を漏らし、椅子にゆったりともたれかかるイルーシャ。

普段はピンと上を向いている長耳が、彼女のまったりとした精神状態を表すように垂れる。

……なるほど、イルーシャは美味しさをゆったりと味わうタイプか。

こういうところも、人によってけっこう個性が出るんだよなぁ。

「どう？　美味しいよね？」

「はい。同じ肉料理でも、唐揚げとは全然違います……！　パリッとした食感と肉汁が……」

普段とは違った、ふわふわーっとした口調で語るイルーシャ。

この子が肉好きになる日も近いな。

いや、既になってしまっているかもしれない。

そんなことを思っていると、ふとイルーシャの手が止まる。

「……んん？　そう言えば、付け合わせのお野菜さんはないんですか？」

確かに、イルーシャの言うとおりソーセージには付け合わせの野菜が付いていなかった。

ピクルスがあったので、私はそれほど気にしていなかったのだが……。

そこは根っからの野菜党、どうしても放っては置けなかったらしい。

「ああ、この辺りでは野菜が希少でね。あまり食べられないのだよ。どうしても農地が限られてしまうからな」

「そ、そんな……!?」

「代わりにピクルスで栄養を……」

「お野菜が、お野菜がたったこれだけなんて！　そんなあああぁ……!!」

ピクルスの小皿を見て、この世の終わりが来たような顔をするイルーシャ。

その暗い目は、一切の希望を奪い去られてしまったかのよう。

……お野菜大好きなのは知っていたが、そこまでなのか。

「そ、そんなに野菜が好きなのかね？」

イルーシャのあまりの落ち込みぶりに、戸惑いながらも尋ねる領主さま。

するとイルーシャはすごい勢いで首を縦に振る。

「もちろん、野菜はエルフの生き甲斐《がい》です！」

「そ、そうか。ならば明日の朝食には必ずたっぷり野菜を出すようにしよう」

「お願いします!!」

イルーシャは椅子から立ち上がると、ものすごい勢いで何度も何度も頭を下げた。

こうしてこの日は、領主さまの館で一泊するのだった。

第五章：遥か地底のドワーフ王国

「んんー、美味しいです！」

翌日、私とイルーシャは領主さまの用意してくれた馬車でドワーフたちの国へと向かっていた。

領主さま曰く、ドワーフたちの地下王国はバターリャよりもさらに山奥にあるらしい。

険しい山道を進む馬車はガタゴトとひどく揺れて、だんだんとお尻が痛くなってきてしまう。

しかし一方、領主さまから山菜を分けてもらったイルーシャはすっかりご機嫌だった。

木のお弁当箱に詰めた山菜の炒め物を美味しそうに食べている。

よく思春期男子のお弁当箱が茶色になっていることがあるが、ちょうどあの逆バージョンだ。山菜の緑に染まっている。

「私はお野菜派ですが、山菜も悪くないですねぇ……！」

「まさか、イルーシャがここまで野菜ジャンキーだとは思わなかったよ」

「ララート様も食べますか？　この炒め物、ほんとに美味しいですよ」

「……少し貰おうか」

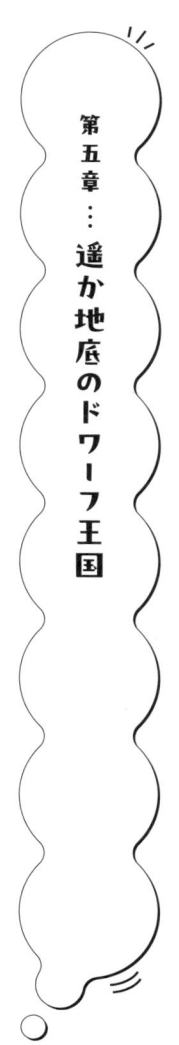

ゼンマイに似た感じの山菜を、木のフォークで適当につまむ。

山菜独特の苦みが、たちまち口の中を抜けた。

んんー、これはなかなか大人の味だな。

三十代を過ぎたら美味しさがわかってくる感じのやつだ。

この美味しさがわかるなんて、イルーシャもなかなかやりおる。

「美味しい。お味噌汁とか飲みたくなる味だ」

「おみそしる？　なんですか、それ」

「……ああ、古い料理だよ。里でも作る人が少なくなっちゃったんだけど」

「へえ。ララート様は里のお料理にも詳しいんですか」

どこか疑わしげな顔をするイルーシャ。

……まあ、記憶が戻る前の私は料理とかあんまり興味のない生粋《きっすい》の魔法馬鹿だったからなぁ。

しかし、師匠に対して変な疑いをかけることも気が引けたのだろう。

イルーシャはそれ以上何も言わず、再び食事に没頭し始める。

ここで、馬車の奥で寝ていたフェルが起き出した。

「わん、わんわん！」

「んん？　どうしたのかな？」

「わうぅ！」

急に興奮した様子を見せ始めたフェルに、おやっと首を傾げる私とイルーシャ。

フェルはそこら辺の犬なんかとは違う、精霊獣である。

人間並みに賢いので、理由もなく吠えはじめたりはしないのだ。

「何かを伝えたがってるのかな？」

「あ、あれ！」

馬車の荷台から身を乗り出し、前方を確認したイルーシャがどこかを指差した。

私もすぐさま外を見ると、張り出した尾根の下をえぐるようにぽっかりと大きな穴が空いているのが見えた。

どうやらあそこが、ドワーフたちの地下王国への入り口らしい。

もともと山にあった洞窟を利用して、自分たちの国を作ったという訳か。

穴の前には王国の権威を象徴するように、斧を手にしたドワーフの勇ましい石像が立っている。

「ありゃすごい。ドワーフもなかなかやるなぁ」

「伊達にご先祖さまたちとやり合ってませんね」

心底感心したようにつぶやくイルーシャ。

里の伝承によれば、古代のエルフ族は今よりはるかに強力で竜級魔法の使い手も何人かいたとか。

それと渡り合った時点で、昔のドワーフたちも相当に強かったのだろう。

まあ、戦い自体はエルフが勝ったっていうけどね。

やはり魔法のアドバンテージは大きいらしい。

「案内できるのはここまでだ。気をつけてな」

「ありがとう！」

御者さんにお礼を言うと、私たちは洞窟の前で馬車を降りた。

そしてドワーフの石像に見下ろされながら、ゆっくりと暗闇の中へ降りていく。

広い洞窟はしっかりと整備されていて明かりも置かれていたが、それでも独特の雰囲気がある。

洞窟独特の湿った空気と土の臭いが、何となく不気味だ。

フェルもどこか不安そうに、くぅっと弱々しく鳴く。

「うわぁ、なんかヤな気配……。帰りたくなってきたな」

「ダメですよ、領主さまにお土産まで預かっちゃいましたし」

「……それ、渡したことにして私たちで食べちゃえばよくない？」

「いけません！　嘘つきはエルフの恥です！」

イルーシャは手でバッテンを作ると、言語道断とばかりに強い口調で言った。

まぁ、真面目なイルーシャがそんな手に乗るわけはないってわかってたけどさ。

そこまで本気で拒否されると、ちょっと心が痛い。

「冗談だって。流石にそんなことしないよ」

「本当ですかね……。最近のララート様を見てると、やりかねない気がしますよ」

「そんなことは……汝、師を疑ってはならぬって教えを知らないの？」

「それ、ララート様のでっち上げですよね？」

こうしてあれこれ話しているうちに、洞窟の先に大きな扉が見えてきた。

木と鉄でできたそれは、馬車が並んで通行できそうなほどの大きさだ。

そしてその脇には、鎧で身を固めたドワーフがしっかりと警備を固めている。

彼らは私たちの姿を見るなり、ずかずかと近づいてくる。

「む？　なんだお前たちは？　その耳は……まさか……！」

「領主さまからアースドラゴン討伐の依頼を受けて来た冒険者です。アースドラゴンの手がかりをつかむため、国の中へ入れてください」

「冒険者？　子どもではないか」

「子どもじゃないって！　ちゃーんと領主さまから正式な依頼を受けてるんだから」

「その通りです！　領主さまから預かってきたお土産もありますよ」

そう言うと、イルーシャがすかさず背負っていた布袋を手渡した。

中には酒や腸詰めといった、ドワーフが喜びそうな食料がたっぷりと詰まっている。

あの瓶に入ったエールなんて、私が飲みたいぐらいだな……。

領主さまが持たせてくれただけあって、全体的に豪華で美味しそうだ。

「……まんざら、嘘ではなさそうだな。領主から使いを出したという連絡も受けている」

「なら、さっさと通してよー。ずっと馬車に乗ってきて疲れちゃった」

「それはかまわんが、その耳は何だ？　エルフみたいで気持ち悪い」

「……私たち、そのエルフなんですが」

種族の特徴である耳を馬鹿にされたせいだろう。

イルーシャはひどくドスの利いた低い声でそう言った。

私は精神的に半分人間のようなものなので、今の発言もギリギリ聞き流せないこともないが……。

エルフにとって、耳は種族の象徴であり誇り。

人間でいう肌の色のように、非常にデリケートなところなのである。

「……イルーシャ、ここで怒っても仕方ないよ」

「だからと言ってですね、耳を馬鹿にされて黙っていられませんよ！」

「そうはいっても、ここで揉めるとめんどくさ……」

「何だお前たち、エルフなのか！　どうしてこんなところへ来た！」

ドワーフの衛兵の方も、私たちがエルフだと知って騒ぎ始めた。

あーもう、どうしてこうなるのかな！

いやまあ、イルーシャが怒る理由もわかるけどさ！

「二人とも落ち着いてよ。怒ってもお腹減るだけだよ」

「落ち着けだと！　ふん、侵略に来ておいてよく言うわ！」

「別にそんなんじゃないって！　さっきも言ったでしょ、領主さまの依頼を受けた冒険者だって」

「なぜエルフが冒険者などをしている、おかしいではないか！」

「そりゃちょっと事情があって……」

「ララート様、帰りましょう！　もうこれ以上は無理です！」

ついさっきまで、帰ろうとする私をイルーシャが宥《なだ》めていたのに立場が逆転してしまった。

……ほんと、困ったもんだなぁ。

さて、いったいどうしたものか……。

そんなことを考えていると、門の脇にある通用口からもう一人ドワーフが出てきた。

門の前に立っていた衛兵と比べると、手にしている槍や鎧が明らかに立派だ。

髭も長く、見たところ管理職っぽい。

衛兵隊長か何かかな？

「何事だ！　先ほどから騒々しいぞ！」

「いや、それが……」

私たちの方をちらちらと見ながら、事情を説明する衛兵さん。

すると驚いたことに――。

「この馬鹿者！」

ゴツンッと拳骨《げんこつ》が落とされた。

うわ、兜がちょっと凹んでるよ。

突然のことに驚いた衛兵は、すぐさま困惑した顔で言う。

「隊長、何で殴るんですか！　あいつらエルフですぜ！」

「エルフだろうが領主の使いだ、バターリャとこれ以上の揉め事を起こすわけにはいかん」

「ですが……」

「もういい、引っ込んでろ！」

そう言うと、隊長さんはこれまで私たちの対応をしていた衛兵を通用口の奥へと押しやった。

代わりに、何やら妙に不自然な笑みを浮かべて言う。

「よくぞ来てくれた、歓迎しよう」

「う、うん」

「すぐに通行許可を取ってくるから、ここで待っていてくれ」

そう言うと、隊長さんは足早に通用口の奥へと消えていった。

彼の姿が見えなくなると、すぐにイルーシャが渋い顔をして言う。

「何ですかね、あの変わりぶりは」

「推測だけど……。たぶんこの国はあのバターリャの街からの輸入にいろいろ依存してるんじゃないかな。だから、領主を怒らせるわけにはいかなくて使いの私たちも無下《むげ》にはできないってとこじゃない？」

「なるほど。確かに、地底では賄えないものもいろいろありますもんね」

エルフと戦っていた頃には、ドワーフたちも地上にいたはずなのである。

いくら地底の環境を整えたところで、もともと地上にいる種族が地下暮らしをするにはかなりの無理が生じているはずなのだ。

「でも、これは思ったより好都合だね。王国の観光とかいろいろできるかも……」

「観光って、また呑気な……。私たち、ドラゴン退治に来てるんですよ」

「おお、そうだった！　ドラゴンステーキを忘れちゃいけないね！」

「もうお肉にした気になってる!?」

こうして、隊長さんたちが戻ってくるのを待つことしばし。

イルーシャとくだらない話をしていると、急に扉の向こうから足音が聞こえてきた。

やがて通用口が勢い良く開かれ、どこかインテリ然とした風貌の人物が現れる。

背は低いものの、整えられた髪と髭はまったくドワーフっぽくない。

おまけに眼鏡まで掛けていて、粗暴さとはかけ離れた雰囲気だ。

「……あなたは？」

「私はモードン、ドワーフの学者です。あなた方の案内を任せられました」

「おー、ガイド付きとは豪華だね！」

「どうぞ、私に続いてください」

そう言うと、モードンさんは通用口のドアを開けて手招きをした。

彼の後を追って、私たちはドワーフ用らしき扉を背を屈めて通る。

するとそこには――。

「うわ……広い！」

「これがドワーフの国……！」

下から上に山体をぶち抜く巨大な縦穴。

穴の向こう側までは、軽く百メートルはあるだろうか。

そのふちに沿うように石組みの通路が築かれ、さらに無数の横穴が延びている。

それらの一つ一つがドワーフの住居になっているようで、石組みの通路には多くの人が行きかっていた。

「この大穴が我らの国の中心です。全部で三つの階層に分かれておりまして、上層部には王や貴族の住居、中層部には民の住居と商店、下層部には鉱山と工房があります」

「ここはどこの階層なの？」

「ちょうど、中層と下層の境界付近ですね」

そう言われて通路から下を覗き込むと、穴はどこまでも続いていた。

通路には明かりが灯されているというのに、深すぎてそれが途中で見えなくなってしまっている。

うわ……こりゃちょっと厳しいな。

たまらず足がすくんでしまった私は、後ずさりながら今度は上を見た。

すると今度は、遥か彼方にぼんやりと白い光が見える。

太陽によく似ているが……それよりは少し黄色かった。

「あれは？」

「黄金石ですな。我らの国に光と繁栄をもたらすとされるものです」

「へえ、あれがあるから地下でも生活できるってわけだ」

「その通り。流石の私たちでも、暗闇では暮らせませんからな」

そう言うと、螺旋《らせん》を描く通路を下に向かって歩き始めたモードンさん。

彼の後に続いていくと、やがて大きな横穴の前にたどり着いた。

木の扉が据え付けられたそこは、雰囲気からして倉庫か何かだろうか。

「領主さまからの土産はこの食料庫へお入れください」

「わかった。おー、寒い！」

「ここは冷却の魔道具が置いてありますからね」

扉を開くと、たちまち強烈な冷気が吹き抜けてきた。

身体の芯まで染みてくるようだ。

耐え兼ねたフェルが、くちゅんっと可愛らしくくしゃみをする。

「あーあー、大丈夫かな？」

「変ですねえ。精霊獣が風邪を引くなんて、普通ないんですけど」

「言われてみれば、ここに来る時も急に吠えたりしてたね」

うーむ、フェルはひょっとして具合でも悪いのだろうか？

ドワーフの王国から帰ったら、一度、身体を詳しく調べた方が良さそうだ。

幸い、私は獣医ではないがそれなりに長生きしているので知識はある。

「フェル、おいで」

「わううぅん」

フェルを呼ぶと、胸元にしっかりと抱きかかえるイルーシャ。

とりあえずは、少しでも体力の消耗を抑えた方がいいだろう。

「大丈夫ですか？」

「ええ。心配してくれるんですね？」

フェルの頭を撫でながら、意外そうな顔をするイルーシャ。

そう言えば、さっきからモードンさんの対応はドワーフにしてはずいぶんと柔らかいな。

特に嫌悪感を示すこともないし、口調も丁寧だ。

エルフと見るなり、警戒心をあらわにしてきた他のドワーフとはずいぶんな違いだ。

「いや、当然のことですよ。千年も前に祖先が戦争をしたことなんて、いまを生きる私たちには関係ないですからね」

「おお……なかなか先進的な考えだね」

「いやいや、変わり者なだけですよ。おかげで、他のドワーフからは爪弾き者扱いです」

「ドワーフは保守的というか、頑固な人が多そうだもんね。エルフもだけど」

そう言うと、私はちらっとイルーシャの方を見た。

この子も見た目は美少女なんだけど、頭がカチコチなんだよなぁ……。

わたしゃ、ちょっと心配だよ。

「……何ですか、その生暖かい目は」

「別に、何でもないよ？　師匠が弟子をあったかーい眼で見てるだけ」

「いやいや、絶対に何か言いたいことありますよね？　頑固ですか？　私が頑固って言いたいんですか？」

「さあ？　黙秘権を行使するよ」

「何ですかそれは！」

ああだこうだと言い争いをする私とイルーシャ。

するとここで、モードンさんが言う。

「まあまあそのぐらいにして。身軽になったことですし、まずはどこから見ていきましょう?」

「うーん、おすすめの観光スポットとかある?」

「そうですなぁ。なら、足湯が下層にありますよ」

「足湯!? 最高じゃん、いくいく!」

「ちょ、ちょっと! 調査とかしなくていいんですか!」

「大丈夫だって!」

こうして私たちは、一路ドワーフの国の下層へと向かうのだった。


――○●○――


「へえ、じゃあモードンさんは学者なんだ」

「ええ。人間の国に留学したこともあります」

「だから、他のドワーフとはちょっと考え方が違うんですね」

下層にあるという足湯へと移動する途中。

私たちはモードンさんと軽く雑談をしていた。

何でも彼はこの国の学者で、主に冶金《やきん》学を専門にしているとか。

鉱業が盛んなドワーフの国には、まさにうってつけの人材と言えるだろう。

もっとも、いささか思想が先進的すぎて煙たがられているようだが。

「……まあ、私以外のドワーフが他種族を嫌うにも理由があるのですけどね。エルフとは戦争をしましたし、人間には技術を盗まれたことがありますから」

「人間に技術を？」

「ええ、城の書庫に盗人が入りましてね、技術書を盗まれたのですよ。おかげで、我々の秘伝だったミスリルの加工技術が流出してしまって……」

「城の書庫って、よく入り込めたね。この国って出入り口は限られてるだろうし」

「ええ、だから我々も油断していたのですが……。どうやら、魔法でドワーフに化けたようです」

「あー……」

閉鎖的な国だけに、中に入り込んでしまえば警戒は緩いのだろう。

加えて、ドワーフたちは魔力がないので魔法に対する知見がない。

魔法での変身を見破る方法がなかったんだろうなぁ。

「そのせいで、親方衆は技術を書物に残すことを嫌がるようになってしまって。私としては、この国の鍛冶技術をきちんと体系化した書物を後世に残していきたいんですが……」

肩をすくめて、モードンさんはやれやれとため息をついた。

技術は職人にとって最大の財産。

それを盗まれないようにしたい親方たちの気持ちもわかるだけに、厄介なところだ。

「なかなか難しいところだね。モードンさんが信頼を得るしかないかも」

「信頼ですか。これでも、国のためにいろいろ成果は出してきたんですけどねえ」

「例えばどんな?」

私がそう言うと、モードンさんは待ってましたとばかりに自信ありげな顔をした。

彼はそれまでの謙虚さが嘘のように、ドーンッと大きく胸を張る。

「よくぞ聞いてくれました！　そうですね、私が開発した技術で一番すごいものだと……」

「すごいものだと?」

「鉱物を運ぶためのソリを作りました！　特別な油を通路に撒けば、荷車より楽にモノを動かせます！」

「……ここの通路って一本道じゃん。そんなところで油を撒いたら、あとで大変じゃない?」

私がそう言うと、モードンさんはうっと苦しげな表情で胸を押さえた。

え、まさかその対策は何にも考えてなかったの!?

「その通り、そこが課題なのです……。話してすぐに気づかれるとは、流石はエルフの大魔導師。お知恵がありますな」

「いや、私でもすぐにわかりましたよ?」

「な、なんですと!?　流石はエルフ、侮りがたし」

「…………他にはどんな発明をしたの？」

「従来の三倍も明るいたいまつを開発しました！」

「おお、それは便利じゃない」

「ただ、燃え尽きるのも三倍早い上に煙も三倍出ましてね。限られた空間で使うと酸欠で死んでしまいます」

「この国で使えないじゃん！」

……モードンさんって、いい人だけどひょっとしてちょっと残念なのかな？

この分だと、親方衆からの信頼を得るのはなかなか大変そうだ。

まずは何よりも、役に立つ発明をしてからになりそうだね。

「お、着きましたね」

そう言っていると、とうとう私たちは通路の終わりへと到着した。

巨大な縦穴の底は鉱石採掘の基地となっているようで、そこかしこに鉱石が山と積まれていた。

そして採掘した鉱石をその場で選別、加工しているらしく立派な工房らしき建物がいくつもある。

さらに、選別の過程で水を使っているのだろう。

壁面から引き込まれた水が、一部で滝のように流れ落ちていた。

松明の明かりに照らし出されたそれらは、何とも幻想的で迫力がある。

「へえ、こりゃまた凄いね。ここで採掘から加工までやってるんだ」

「ええ。上へ鉱石を移動させるのは大変ですからね」

「あそこの大きな煙突がある建物は何ですか?」

イルーシャがひときわ大きな建物を指差して言った。

レンガ造りの重々しい建築で、壁際には長方形をした炉のようなものが据え付けられている。

その炉からは壁に向かって長い長い煙突が伸びていた。

「金属を溶かす工場ですよ。あそこでまとめてやってるんです」

「へえ、でもこんな地底でそんなことしたら空気がなくなっちゃうんじゃない?」

「それは心配いりません。あの煙突でしっかりと吸気と排気ができる構造になってるんですよ」

なるほど、流石はファンタジー世界。

日本人の感覚では危なっかしく見えるが、安全は確保されているらしい。

ドワーフたちも伊達に数百年もここで暮らしていないというわけだ。

「なら、あの川はどうなってるの?」

「この先に地底湖がありましてね。そこへすべて流しています」

「地底湖が溢れちゃうことは?」

「どこかへ抜けているようで、それはありませんね」

ふむふむ、ならとりあえず持続可能な状態ではあるのか。

「足湯はこちらです。坑道の少し奥にあります」

こうしてモードンさんに続いて、鉱山の中へと入っていく。

ドワーフサイズなだけあって少し天井が低いが、坑道の構造はかなりしっかりとしていた。

要所要所に支えの柱があり、壁も滑らかに掘り抜かれている。

ドワーフらしい丁寧な仕事ぶりが窺えた。

「鉱山って言うとちょっと不潔なイメージがあったんですけど、けっこう綺麗ですね」

「うん、掃除もしっかり行き届いてる」

「我が国の親方衆はしっかりしてますから。ここ百年、事故などとも無縁ですよ」

「へえ、そりゃすごいね」

昔の鉱山なんて、落盤事故と隣り合わせの命がけの現場のはずなのに。

ドワーフの技術は全く大したものである。

この分だと、無茶な開発をしてアースドラゴンを目覚めさせたって人間の言い分はなさそうだな。

ドワーフは鉱山開発のプロ中のプロ、そんな間違いは犯さないに違いない。

「さあつきましたよ、ここが足湯です」

「おぉ!!」

狭かった坑道が一気に広がり、縁を大きな岩で囲んだ湯舟が目に飛び込んできた。

へえ、これが足湯かぁ！

一気に十人ぐらいは入れそうな広さだ。

というか、足湯というよりも露天風呂か何かに近い作りだな。

ほのかに硫黄の香りが漂ってきて、ここにいるだけで癒されそうだ。

近づいてみると、お湯は薄い緑色で手を入れると少しピリッとした感じがする。

「あー、なんか草津とかそっち系かな」

「クサツ？」

「ああ、別に何でもないよ。それより早く入ろ」

私は履き物を脱ぐと、すぐさまお湯に足を入れた。

あっつ！

あー、でもこの熱さが気持ちいいんだよね……！

お湯に浸かった足先から、疲れがすーっと抜けていくようだ。

やがて全身の血行が良くなって、少し火照った感じがしてくる。

「いい湯だなぁ……。ほら、イルーシャも」

「は、はい」

少し戸惑いながらも、イルーシャも履き物を脱いで裾をまくった。

そう言えば、イルーシャはこれが温泉初体験なのか。

森には温泉なんてなかったし、今まで訪れた町にもなかったからね。

「あちゅっ！」

お湯に足を入れた瞬間、可愛らしく悲鳴を上げたイルーシャ。

あー、けっこう温度は高めだしそうなっちゃったか。

足がピンッと伸ばされ、水がバシャッと跳ねる。

「大丈夫だよ、すぐに慣れて気持ち良くなるから。ゆっくり入れて」

「……んん！」

再び、ゆっくりと足先からお湯に入れていくイルーシャ。

先ほどよりもゆっくり、そして慎重に。

すると次第にその表情がほぐれて、何とも気持ちよさそうなものとなっていく。

「凄い気持ちいです、ララート様……」

「でしょ？　これが温泉の良さなんだよ」

「この温泉は我が国の自慢の一つですからね。そうだ、せっかくですしこれも食べて行ってください」

そう言うと、モードンさんは近くにある井戸のような形をした源泉へと向かった。

そしてそこから、網に入った白い何かを引き上げる。

おお、あれは……温泉卵だ！

「これに軽く塩をかけて食べると美味しいんですよ」

小さな器を取り出すと、モードンさんは卵を割って入れた。

そしてそれを、飲み物のようにつるんっと口に入れた。

「うわ、いいね！　ちょうだい！」

「ええ!?　ララート様、あれを食べるんですか!?」

「いやだって、美味しそうじゃん」

「ダメですよ、生の卵なんて食べたらお腹壊しちゃいますって！」

ああー、そうか。

日本と違ってエルフの里じゃ生の卵なんて食べないもんね。

「大丈夫だよ。ちゃんと火が通ってるから」

「本当ですか……？　うーん……」

懸念が拭いきれないのか、イルーシャは渋い顔をしていた。

そんな彼女をよそに、私はモードンさんから受け取った卵を割る。

「うーん、ちょうどいいゆで具合！」

器の上で躍る温泉卵は、何ともいいゆで具合であった。

白身の奥に隠された黄身は赤みが強く、さながら宝石のよう。

それに渡された塩をひとつまみ掛けると、そのままつるんといただきます！

「んん～～！　とろっとして濃厚！　この岩塩もすっごいいい感じ！」

口いっぱいに広がった濃厚な黄身の旨み。

少し強めの塩味でまとめられたそれは、食べてしまうのが惜しくなるほど。

このままずっと口に入れていたいという感覚にさせてくれる。

それでいて、白身のつるっとした食感が喉に心地よい。

「そんなに美味しいんですか……？」

「食べる？」

「………食べます」

「はい、どうぞ」

私は卵を割って器に入れると、すぐイルーシャに手渡した。

イルーシャはおっかなびっくりといった様子ながらも、塩をかけてゆっくりと温泉卵を食べる。

「んっ、これは……！　卵ってこんなに美味しかったんですか……！」

見知った食材の見知らぬ味に、イルーシャは大いに驚いたようであった。

彼女は大きく目を見開くと、残っていた温泉卵を一気に呑み込んでしまう。

「この塩味の利いた濃厚な黄身は、最高ですね……！」

「そこまで喜んでいただけると、こちらも嬉しいですよ」

こうして温泉卵を食べた私は、足を湯船に入れたまま上半身を倒してゴロンと横になった。

火照った身体に冷たい地面が触れて、すっごく気持ちがいい。

するとここで、何故か私たちから距離を取っているフェルの姿が目に飛び込んでくる。

「あれ、フェルどうしたの？」

「わううぅ……」

「もしかして、熱いお湯が嫌？」

私がそう言うと、フェルはうんうんと頷いた。

あー、そう言えばフェルはすごい暑がりだったっけ。

身体を洗う時も、だいぶぬるいお湯を使ってたはずだ。

「ちょっと待ってて」

私は土魔法を使うと、周囲の岩壁を少し拝借して大きな桶のようなものを作った。

そしてそれにお湯を入れると、風魔法で適温になるまで冷ます。

「ほら、これで入れるでしょ？」

「わん！」

桶の中にザブンッと飛び込むフェル。

たちまち、その顔が気持ちよさそうに緩んだ。

脱力しきったその表情は、何故だかちょっとおじさんっぽい。

リラックスした人や動物は、おじさんに行きついてしまうのか……？

そんなしょうもない考えが脳裏をよぎってしまうほど、フェルはおじさんしていた。

「しかし、こんないい場所が貸し切り状態なんてついてるねえ」

「無理もありませんよ。上層で崩落が起きて、今はそっちの復旧に人が割かれていますから」

「ひょっとして、アースドラゴンのせいですか？」

イルーシャがそう尋ねると、モードンさんの表情が曇った。

どうやら、結構大きな被害が出たようだ。

「ええ、上層の三分の一ほどがやられてしまいましたよ。もっとも、上層は住民が少ないので人的被害の方は大したことなかったんですがね」

「三分の一って相当だね。上層って確か、お城のある場所でしょ？　そこは大丈夫だったの？」

「城は特別頑丈に作られていますから、平気でしたよ」

「不幸中の幸いってやつだね」

まあ、城に被害があったら今頃はもっと国が混乱しているだろう。

とはいえ、貴族階級の集まっている上層の三分の一に被害があったとはなかなかだ。

「ララート様、現場を調査した方が良いのでは？　アースドラゴンの手掛かりがあるかもしれませんよ」

「そだねえ。だいぶゆっくりしたし、ちょっとは仕事しますか」

わざわざ土産物も持たせてもらったし、流石に観光だけして帰るのはまずいだろう。

アースドラゴンの手掛かりを探って、さっさと討伐しちゃいますか。

お楽しみのアースドラゴンステーキもあることだしね！

「モードンさん、私たちをその現場に連れてってよ。調査したいから」

「わかりました」

「あ、ついでにお城見学したいんだけどダメ？」

「申し訳ありません、それはちょっと……」

「ララート様！」

マジな顔をして怒るイルーシャ。

いやいや、ちょっと言ってみただけだって！

ちゃんと仕事はするから！

結局それからしばらくの間、私はイルーシャのじと目に耐えて歩くはめになったのだった。


——○●○——


「ひとまず、鉱山が原因ではなさそうでしたね。よく整備されてましたし」

「ま、鉱業に関してはドワーフ以上の存在はいないから。そこはあんまり考えてなかったよ」

「でもそうすると、アースドラゴンはどうして目覚めたんでしょうか？」

「そこはほら、被害を受けた場所を調べればわかるんじゃない」

皆で話をしながら、通路をひたすら登り続けること数十分。

初めに通った門の前を通過し、さらに上に進んでいく。

次第に、ぼんやりとしていた黄金石の光が強くなってきた。

うわ、ほんとに太陽みたいだなぁ……。

これだけ光が強いと、上層部に住んでいるドワーフはそれはそれで大変そうだ。

「まぶしいねえ」

「はい。でも、何だかすがすがしい光です」

降り注ぐ光は、どこか清浄な気配がした。

どうやら、微かにだが聖なる魔力を帯びているらしい。

これだけの広範囲に渡って魔力の光を降り注がせるなんて、全くたいしたものである。

しかしそう思っていると、心なしか黄金石の光が弱くなったような気がした。

「あれ？　なんか、暗くなって来てませんか？」

「ほんとだ。大丈夫かな？」

「ああ、黄金石は時間帯によって明るさが変わるんですよ。夜になれば暗くなります」

「へえ……」

改めて目を凝らしてみると、六角柱をした黄金石の周囲に大きな魔法陣のようなものが刻まれているのが見えた。

どうやらあれで、石の明るさをコントロールしているらしい。

「でも、なんか暗くなったら感じが変わって来たね」

「感じですか？」

「そうそう。抑えられていたものが出てきたというか、何というか」

先ほどまでは、聖なる魔力によって抑えられていた黒い澱《よど》みのようなもの。

それが光が弱まることによって、表面ににじみ出てきたような感じだ。

太陽の黒点とか、あんな感じと言えばわかりやすいだろうか。

何だかちょっと、嫌な気配だ。

「モードンさん。最近、黄金石に異変とかはなかった？」

「特に聞いたことはありませんね。それより急ぎましょう。すぐに夜になってしまいますよ」

モードンさんにそう言われて、私たちはやむなく足を速めた。

やがて、どこからか冷たい風が吹き抜けてくる。

……これは、どこかに穴が開いているのだろうか？

足を止めて周囲を見回すと、横穴の一つが大規模に崩落してしまっていた。

元は誰かの住居だったのだろうか？

家具の残骸らしき木片が散乱していて、事態の悲惨さを物語っている。

「ここが崩落の現場？」

「ええ。この奥が崩れて、地上まで竪穴《たてあな》が出来てしまっています。他にも、この周囲の横穴はほぼ全滅していますね」

「うわ……」

「なんてことでしょう……」

被害の大きさに、私とイルーシャはともに言葉を失った。

私たちの里もドラゴンに襲われたが、ギリギリのところで侵入は防いだのでここまでの被害は出ていない。

そりゃ、ドワーフたちが人間と揉めるわけだ。

これほどの被害を出したというのに、原因が自分たちにあるなどと言われてはたまったものじゃない。

「他にも、あちこちの住居が崩れてしまって。ひどいもんですよ」

「三分の一とか言ってたもんね」

「ええ、おかげで家を失う者もたくさん出てしまって。上層は人口が少ないのでどうにか中層で吸収できましたがね」

「この穴の奥には入れる？　アースドラゴンの魔力の痕跡とか見たいんだけど」

「それは難しいですね。いろいろもろくなっていますし、最悪の場合はまた崩落が起きてしまいます」

「じゃあ、上から見るしかなさそうだね。地上に出られるようなところって、ないの？」

「城の向こう側から抜けられますよ」

こうしてモードンさんの後に続いて、さらに通路を登っていく。

やがて目の前に、巨大な二本の柱に挟まれた扉が姿を現した。

これが、ドワーフたちのお城の入り口だろうか。

特別頑丈に作られているというだけあって、磨き抜かれた白い柱にはヒビひとつない。

「でか……ここがお城？」

「ええ、我々の自慢です」

「凄いね。これ、柱は天理石でしょ？」

天理石というのは、鋼よりも硬いとされる貴重な石材である。

その美しさから神殿や城などの建材に用いられてきたが、その加工には非常に高度な技術が必要だ。

「ええ。この山で見つかった大岩を切り出したものだとか」

「うわー、一枚岩なんだ！」

これほどの大きさの柱を切り出し、さらに鏡のように磨き上げるなんてすごいなぁ。

おまけによく見ると、扉の上部には植物を模したような彫刻まで施されている。

精緻に作り込まれ、瑞々《みずみず》しさすら感じられるそれは何とも高級感があった。

「ここだけで立派な観光名所って感じだねー。ずっと見てられるよ」

「ララート様、急がないと日が暮れちゃいますよ！」

「……おっと、そうだった」

イルーシャに引っ張られ、再び移動し始める。

こうして通路を登っていくと、お城から少し進んだところで突き当りとなっていた。

まだ天井までは距離があるようだが、これ以上は行けないようだ。

「地上へと通じる道はこちらです。どうぞ」

ここで、壁に設置されていた扉をモードンさんが手で示した。

普段からよく使われているのか、扉の取っ手は手垢で金色になっていた。

「うわ、長い階段……」

「地上まではまだだいぶありますね」

あともう少しかと思って扉を開けたら、目の前に長い階段が現れた。

彼方に光が見えるものの、けっこうな距離だ。

下層からここに至るまで、けっこう登ってきたんだけどなぁ……。

うぅ、温泉で癒されたはずなのにまた疲れてきちゃったよ。

「フェル～、大きくなって乗っけて～」

「ダメですよ、こんな狭い通路じゃ無理です」

そう言うと、元気に歩き始めるイルーシャ。

まったく、この子の体力は底なしか？

あたしゃもう、くたびれたよ。

こうしてぶつぶつ言いながらも階段を上っていくと、やがて視界が一気に開ける。

「うわー、絶景ですね！」

「こりゃすごい……！　頑張った甲斐があったね！」

彼方に天高く連なる山々。

そこから延びる斜面が次第になだらかになり、山々の間に広い荒野が広がっている。

私たちが今いるのは、ちょうど高く隆起した尾根と荒野の境界付近であろうか。

見晴らしがよく、無限に広がる景色が何とも気持ち良い。

さらに足元にはまばらながらも高山植物が生えていて、ちょっとした花畑の様だ。

「何だか、雲の動きが早いですね！」

「空が近いからだよ。雲って近くで見ると速いんだ」

「へえ……！」

これほど高い山に登るのは初めてなのだろう。

イルーシャは手で庇《ひさし》を作りながら、興奮した様子で周囲を散策する。

やがて彼女は、そこだけ円く地面が落ちくぼんだ場所を見つけた。

「何ですかねこれ？　池の跡？」

「いや、これはたぶん……足跡じゃないかな」

地面の窪みは、膝を屈めれば人がすっぽりと入れるくらいの大きさはあるだろうか。

それがずーっと規則的に続いている。

これは……明らかに何かの足跡だな。

それも崩れた様子がほとんどないことからして、まだだいぶ新しいようだ。

ここまで条件が揃えば、うん、間違いないな。

「アースドラゴンの足跡です。やつは山の向こうからやって来て、この辺りで暴れたんですよ」

「これが……。どれどれ……」

足跡を追っていくと、やがて大きな穴へとたどり着いた。

ははぁ、これがさっき言っていた竪穴だな？

さっそく屈みこんで手を当ててみれば、強い魔力の痕跡が感じられる。

これは、かなり強いモンスターだったようだね。

これじゃあ、並の人間やドワーフでは手も足も出なかっただろう。

里に攻め込んできたドラゴンよりは弱そうなのが、不幸中の幸いか。

ただし……。

「こいつはかなり厄介だね。どんどん強くなっていくタイプっぽい」

「なんですと？」

「こいつの魔力、性質の違うものが無数に混ざり合ってるんだよね。恐らく、食べたものの魔力を吸収できるんだと思う」

「食べれば食べるほど、どんどん強くなっていくってことですか？」

「うん、流石に全部を力に出来るわけではなさそうだし、限度はあるはずだけど……。放っておくと手が付けられなくなる」

「うわぁ、とんでもなくヤバいやつじゃないですか！」

顔を引き攣《つ》らせるイルーシャ。

モードンさんなど、国の危機を感じたのか小さな身体がさらに縮こまってしまっている。

「なんとしてでも、すぐにアースドラゴンを倒さなくては……！」

「そうだね。幸い、魔力の痕跡がだいぶ残ってるから場所は探れそうだよ。というかこいつ、ここで何か大量の魔力を食べた？」

「この場所で、ですか？」

「うん。何かの魔力が放出されたような跡がある」

私がそう言うと、モードンさんの表情が明らかに変わった。

何か、思い当たる節がありそうである。

すかさず私たちは彼との距離を詰める。

「……何かあったの？　ねえ、隠し事はよそうよ」

「いや、それは……」

「素直に答えてください。隠し事をするとお互いのために……」

私の後に続いて、つめ寄っていくイルーシャ。

だがその言葉を遮るように、地鳴りのような音が聞こえてきた。

これはいったい……？

すぐさま音がした方を見ると、白い毛並みをしたゴリラのようなモンスターの姿が見えた。

腕の筋肉が異常に発達していて、気持ち悪いぐらい逆三角形の体形である。

あの丸太のような腕なら、岩ぐらい軽く殴り壊せそうだ。

しかも、数が多い。

稜線の向こうから次々と姿を現すゴリラは、軽く二十頭や三十頭はいる。

「まずい！　ビッグアームだ！　逃げましょう！」

「いったん退《ひ》くよ！」

私たちは慌てて抜け道の近くまで撤退した。

しかし、ビッグアームはまっすぐにこちらへと接近してくる。

まるで何かに導かれているかのようだ。

あいつら、ひょっとして人を喰うタイプのモンスターなのか？

「早く！　中へ逃げましょう！」

「ダメ、こいつら中まで追いかけてくるよ！」

「じゃあどうするんですか！」

「ここで迎え撃つしかない！」

やむなく、私は戦いを宣言した。

イルーシャとフェルもそれに同意し、こうして予期せぬ遭遇戦が始まるのだった。

第六章…ドワーフたちの秘密

「私たちが抑えるから、モードンさんは避難してて！」

「し、しかし……」

「足手まといなの！」

「わ、わかりました！　すぐに応援を呼んできます！」

急いで通路の中と戻っていくモードンさん。

その姿を見送ったところで、私はすぐさま杖を構えた。

さあて、ここらでちょっとドワーフさんたちにも私の力を見せつけてあげますか。

「イルーシャは穴に入る奴がいないように、結界で守ってて！　私はこいつらを殲滅するから！」

「はい！」

イルーシャはさっそく通路の入り口に結界を張り、モンスターが中に入らないようにした。

モードンさんが戻ってくることを考慮して、器用に中から外への移動はできる術式だ。

流石は我が弟子、気が利いている。
「さてと……。始めますか」
掌《てのひら》に生じさせた炎の弾を、ビッグアームの群れに向かって射出する。
――ビョウッ!!
炎の弾丸がたちまち群れの先頭に当たり、一頭のビッグアームが吹っ飛んだ。
しかし、それぐらいでは奴らは止まらない。
仲間の死体を踏み越えて、まさしく猪突猛進といった様子でこちらに迫ってくる。
「怯まないか。ならこれで!」
先ほどよりもいくらか小さな炎の弾。
それを今度は両手に出し、次々と繰り出す。
マシンガンさながらに連続する炎が、夕闇の迫る山肌を赤々と照らしだした。
たちまち数頭のビッグアームが倒れ、群れの一部が崩れた。
するとここで……。
「おっと!」
こちらが飛び道具で来るなら、自分たちもということらしい。
ビッグアームはその辺に落ちていた石を掴み、思いっきり投げつけてきた。
たかが投石、されど投石。

連中の極度に発達した腕の筋肉が、その威力を弾丸さながらの物へと昇華させる。

――ブォンッ！

およそ投石とは思えない風切り音が響き、着弾した石が地面を跳ねた。

あんなの当たったら、人間なんて粉々になっちゃう！

「……知恵がある奴はこれだから！」

投石が効果的だと判断したのだろう。

ビッグアームたちはそれぞれ石を掴むと、一斉にこちらへ投げてきた。

合わせて数十もの礫《つぶて》が、綺麗な放物線を描いて飛んでくる。

お猿さんの癖に、野球選手みたいなレーザービームだ。

ええい、めんどくさいなぁ！

「そっちが数で来るなら、こっちだって！」

掌に生じさせた炎を、次から次へと撃ち上げる。

空高く舞い上がったそれらは、やがて花開くように炸裂した。

拡散した炎が私たちに迫ってきていた岩を残らず撃ち落とす。

ララート式、拡散ファイアーボールである。

面制圧に特化したそれは岩を撃ち落とすだけに飽き足らず、そのままビッグアームの群れへと落ちていく。

「グオオオォ！」

「ウギイィ！」

声にならない雄叫びを上げ、逃げ惑うビッグアームの群れ。

モンスターといえど、基本的には野生の猿。

炎には弱いらしく、たちまち分厚い毛皮が燃え上がってしまう。

だがしかし……。

「まず、こっちに突っ込んできた！」

文字通り、尻に火が付いた状態のビッグアーム。

その一部が、こちらに向かって一気になだれ込んできた。

流石の私もこれはちょっと予想外である。

まさか、こっちに向かって突撃してくるとは思わなかった。

でもこの程度でやられるほど、このララートさんは柔《やわ》じゃないよ！

「はあぁぁっ！」

掌に集めた炎を、棒のような形へと引き伸ばす。

全てを焼き斬る炎の剣の出来上がりだ。

イメージはもちろん、銀河の騎士団が振るっているあれである。

あれと違って切り結ぶことはできないが、その熱量は絶大。

こちらに迫ってきたビッグアームの巨大な腕を、難なく切り飛ばしてしまう。

「ギギャアアッ!!」

「ええい、うるさいなぁ！」

腕を斬り飛ばされ、叫ぶビッグアーム。

その声量に鼓膜が破れそうになった私は、慌ててその胸を一突きした。

これでも、伊達に数百年は生きていない。

里を守るために、剣術についてもある程度は修めているのだ。

外見で私をひ弱だと判断していたらしいビッグアームたちは、その予想外の動きにわずかながら怯む。

「イルーシャ、大丈夫?」

「こっちも余裕ですよ、ララート様！」

私に負けじと、風の刃でビッグアームを蹴散らしたイルーシャ。

そうしていると、穴の下から声が響いてくる。

「おーい！　来たぞ!!」

どうやら、モードンさんが応援を連れて戻って来たらしい。

階段を駆け上がって、結界の中から次々とドワーフたちが姿を現す。

皆、しっかりとした甲冑に身を包み既に戦闘態勢である。

あの胸当ての光り方は……もしかしてドワーフ御自慢のミスリルかな？

彼らはすぐさま武器を構えると、ビッグアームの群れを迎え撃つ。

「うおおお！　唸れ、大戦斧よ!!」

「猿どもめ、我が剛腕で蹴散らしてくれるわぁ!!」

流石は力自慢のドワーフたち。

彼らと比べて、あまりにも巨大なビッグアームたちを前にしても一歩も引くことはなかった。

それどころか、逆に力で押し勝ってぶっ飛ばしてしまう。

最初はあまりの体格差にちょっと心配したけど、思った以上にやるなあ。

私が感心していると、最後にひょっこりとモードンさんも戻ってくる。

「いやぁ、戦士団がすぐに動いてくれて助かりましたよ」

「なるほど、道理で強いわけだ」

「ええ。普段は定期的にこの周囲を見回ってモンスターを狩っていますよ」

「ふぅん」

モードンさんの話を聞いて、私は何とも言えない違和感を覚えた。

イルーシャも同様のことを思ったようで、おやっと首を傾げる。

「でもそれにしては、ずいぶんと敵が多かったですね。こっちに引き寄せられていたような気もしますし」

「ビッグアームは肉を喰いますからな。人の味を覚えた個体がいたのかもしれません」

「そうかな？　人間なんて美味しくない気がするけど」

人間なんて、骨ばっかりで可食部が少ないはずなんだけどねえ。

特にドワーフは魔力もないので、魔物からしてみれば旨みなんてないはずだ。

それでいて、集団行動をしているので襲えばそれなり以上に抵抗してくる。

味を覚えて襲ってくるなんて、ちょっと考えにくいんだけど……うーん……。

「さあ、後は戦士団の皆様に任せて私たちは早く帰りましょう。ここは山の上ですから、冷えますよ」

私の言葉などまるで聞こえなかったかのように、モードンさんはさっさと抜け道の方へ移動した。

……しかし、基本的に彼はいい人なのだろう。

その表情はどうにもばつが悪そうで、何か事情があるような雰囲気だった。

すかさず、イルーシャが困ったような顔で耳打ちしてくる。

「……ララート様、どうします？」

「どうすると言ってもねえ。無理に聞き出すわけにもいかないし……」

モードンさんに聞き取られないよう、私は小声でそう答えた。

こうして私たちが足を止めていると、モードンさんがじれたように言う。

「どうしたんです？　早く戻って夕食にしましょう、戦士団なら大丈夫ですよ」

「お、夕食!?」

「はい、自慢のドワーフ料理をご馳走しましょう」

「やった！　すぐ行こう！」

考えるべきことはいろいろあるが、腹が減っては何とやら。

ここはありがたく、モードンさんにドワーフ料理をご馳走になることとしよう。

私は何か言いたげなイルーシャを手で制すると、ひとまず彼の後に続いて抜け道に戻るのだった。


――○●○――


「へえ、ここがモードンさんの家かぁ。なかなか立派じゃん」

「穴の中とは思えないですね」

モードンさんの家だという横穴は、穴の中層のかなり上部に位置していた。

入り口こそ簡素な造りだったが、中に入ってみるとなかなかどうして立派なお屋敷である。

太い柱で支えられたアーチ形の天井は高く、石組みの壁は漆喰のようなもので整えられている。

さらに床には簡素ながらも敷物が敷かれていて、なかなか暮らしやすそうだ。

変わり者扱いはされているが、やはり学者ということでそこそこの地位にはいるようだ。

「そこで待っててください。すぐに支度をしますから」

「はーい！」

こうして、家の様子を観察しながら待つことしばし。

やがて奥の台所から、モードンさんが大きな皿を持って現れた。

その姿を見た私たちは、たちまち目を丸くする。

「うわ、何それ!?」

「見たことないですね！」

皿の上に載っているのは、シイタケのような形をした茶色いキノコのソテーであった。

しかし、そのサイズ感がどうにもおかしい。

私やイルーシャの顔が、笠の内側にすっぽりと入ってしまいそうなぐらいである。

「これが、ドワーフの傘と言われるハイドラ茸ですよ。この国の名産です」

「なるほど、地下の国だからキノコ栽培が盛んなんだ」

「ええ。ささ、食べてみてください。辛いのでお気をつけて」

はてさて、いったいどんなお味なのか。

フォークとナイフでとっても肉厚な笠を切ると、中からじゅわーっと美味しそうなエキスが出てくる。

これはなかなか、期待が持てそうじゃないか。

そのままゆっくりとキノコを口に入れると、たちまち私はその味に圧倒される。

「うはーっ！　これすごい、お肉みたいな食感と味だ！　しかもこの味付けがまた最高だね！」

一口食べた途端、口いっぱいに広がる旨みの洪水。

それは植物というよりは、お肉に近いような動物的な感じであった。

そして、駆け抜けるピリッとした刺激。

単純な辛さの中にもしっかりとしたコクがあって、何とも良い。

たぶん、香辛料をそのまま使ったのではなく油漬けか何かにしたのだろう。

キノコに足りない脂の旨みが足されて、素材の良さを何倍にも引き立てている。

味付けの濃さは好みが分かれそうだが、こりゃ酒のつまみには最高だね！

ご飯が三杯は行ける、いや五杯は頑張れるかな？

「……あのお肉好きのララート様が、お肉以外を褒めている!?」

「いや、普通にそれ以外も食べるからね？　一番好きなのはお肉だけど」

「ほう？　エルフの方なのに肉を食べられるんですか？」

「ま、ちょっとね」

そう言っている間に、今度はイルーシャがキノコを口に入れた。

すると、色白な彼女の顔がみるみるうちに赤く染まっていく。

「か、か、辛いです!!」

「あ、イルーシャは辛いの苦手だったんだ」

「水！　お水を下さい！」

「あ、ちょっ！　それは違うって！」

私が止めるのも聞かず、慌てて近くにあった飲み物を口に流し込むイルーシャ。

よほど辛いのが苦手なのだろう、もう必死である。

でもそれは、残念ながら水ではなく――。

「うっ!?　エール!?」

そう、木のジョッキにたっぷりと注がれていたのはエールであった。

……まあ、ドワーフの食文化的には当然と言えば当然だろう。

三度の飯よりも酒が好きな種族が、食事のお供として水を出すはずがない。

料理の内容的にも、お酒が欲しくなる感じだし。

「はにゃあ……！」

エールを一気飲みしたことで、赤くなっていた顔がさらに赤くなったイルーシャ。

大して酒精の強くない酒なので、これで倒れたりはしないだろうけど……。

もともとほとんど酒を飲んだことのないイルーシャのことである。

もう、すっかり酔っぱらってしまっていた。

「ララート様ぁ？　眼が、眼がぐるぐるしますぅ……」

「あー、もう完全に出来上がっちゃって」

「これが酔っ払いって奴ですかぁ？　なかなか、いい気分ですねぇ！」

「あ！　これ以上飲んだらダメだって！」

私のジョッキを手にしようとしたイルーシャを急いで止めた。

すると彼女は、むむっと口を尖らせる。

「何で意地悪するんですかぁ！　ララート様ぁ！」

「いっつもあれだけ飲み過ぎるなって言ってるのに、自分が酔っ払ってたら世話ないよ」

「酔っぱらってなんかいませーん！　ねーフェル？」

イルーシャは傍にいたフェルを抱きかかえると、すかさずその毛皮に頬ずりをした。

するとたちまち、フェルの顔が困ったように歪んだ。

どうやら、イルーシャの息が相当に酒臭いらしい。

「わうぅ……」

「なんですかぁ、フェルまで！　ララート様の味方をするんですか？」

「わう、わうう」

「そうじゃない？　ですよね、面倒を見てるのは私ですもんね！」

そう言うと、さらにむぎゅーッと強くフェルの身体を抱きかかえるイルーシャ。

まったく、ひどい絡み酒もあったものである。

彼女はそのまま、フェルに向かってあれやこれやと不満をぶちまけ始める。

「ララート様にはほんとに困りましたよぉ！　フェルのお世話からアイテムボックスの整理までぜーんぶ私にやらせて！　それで自分は毎日お昼まで寝てるんですよ！　何でエルフなのにあんなに朝に弱いんですか！　ヴァンパイアですか！　そのくせ、夜は日が暮れたらさっさと寝ちゃうんですよ！　ほんとにどーなっているんだか……」

すごい勢いで、次から次へと不満が出るわ出るわ。

……イルーシャのやつ、そんなに私への不平不満を溜め込んでいたのか。

うん、睡眠時間は削れないけれどフェルのブラッシングぐらいは今度するか。

現在進行形で渋い顔をしているフェルがちょっとかわいそうだし。

それはそれとして、世紀の天才大魔導師である師匠への尊敬が足りないと思うけど。

これは後で修行時間を増やしておこう、イルーシャが苦手な火魔法の実技も追加だ。

ふふふ、この国から出たらたっぷりと絞ってやらないとねえ……。

「まあまあ、イルーシャさんもそのぐらいにしましょう。あなた、だいぶ酔ってますよ」

「だから酔ってませんってぇ！」

「酔ってない人ほど、酔ってないって言うんですよ」

そう言うと、モードンさんはイルーシャの肩をゆっくりと抱きかかえた。

そして、隣の部屋にあるベッドへと連れていく。

有無を言わせず寝かしつけてしまうその手際の良さは、ずいぶんと場慣れしているようだ。

「へえ、ずいぶんと酔っ払いの扱いに慣れてるね」

「この国じゃ、ああいう人が出るのはしょっちゅうですから」

「あー、ドワーフはお酒大好きだもんね」

「ええ。祭りの日なんて、そこら中に酔っ払いが転がってますよ」

肩をすくめて、やれやれと苦笑するモードンさん。

それはなかなかの地獄絵図である。

ま、デスマーチのたびに床で寝転がる人がいた前世の会社よりはマシか。

「……ささ、飲み直しましょう。このエールは極上ですぞ」

「どれどれ」

勧められるがまま、ジョッキに入っていたエールを喉に流し込む。

――ゴクゴクゴクッ！

おー、これは思った以上に良いね！

とてもよく冷えているうえに、炭酸が強くてキレが良い。

料理の味に合わせているのだろうか、口の中をさっぱりとさせてくれる感じだ。

そのすがすがしい清涼感は、何物にも代えがたい。

「ぷっはあ！　流石はドワーフの国！　こんないいエールは初めてだよ！」

「そうでしょうとも！　二杯目は飲みますか？」

「もちろん！」

これはもう、飲むっきゃないでしょ！

すっかりご機嫌になった私は、すぐさまジョッキをモードンさんに手渡した。

たちまち、金属製の水筒のような容器からトクトクと心地よい音とともにエールが注がれる。

きめの細かい泡、透明感のある金色の液体。

見ているだけでよだれが出てきそうだ。

「どうぞ」

「ん！」

待ちきれないとばかりにジョッキを傾け、再びエールを口に入れる。

身体全体を駆け抜ける酒精が、もうたまらない。

頬っぺたがカッと熱くなる。

「美味しい！　優勝だぁ！」

「そうまで喜んでもらえると、用意した甲斐がありますよ」

「こんないいお酒、飲ませてもらってありがたいよ。でもさ」

「でも？」

「これ、魔石の粉末が入ってるよね？　魔力の巡りがちょっとおかしい」

私がそう指摘すると、たちまちモードンさんの表情が凍り付いた。

魔石の粉末というのは、文字通り、モンスターから取り出した魔石を細かくすりつぶしたものである。

特に味はなく、一般的には魔力が欠乏して危険な際に回復用に用いる薬だ。

が、何もない状態でこれを呑むと魔力過多に陥って二日酔いに似た症状を引き起こしてしまう。

特に後遺症が残るわけではないが、ある種の劇薬と言っていい。

「そんなもの、お酒に入れるわけがないじゃないですか。だいたい、魔石の粉なんかが入っていたらララートさんも魔力酔いを起こしているはずですよ」

「私は魔力容量がバカでかいからね。魔力酔いを起こさせたければ、こんなしょぼいモンスターの魔石じゃなくてせめてドラゴンの魔石ぐらい持ってこなきゃ」

体内を巡る魔力の量からして、使われた魔石は先ほどのビッグアームの物であろうか。

これで私に魔力酔いを起こさせようなんて、ほんと千年早いよ。

しかし、私の追及に対してモードンさんは渋い顔をしつつも引き下がらない。

「……どうして、私がそんなことをする必要があるのです？」

「さっさと私たちを追い返したかったんでしょ？　本当は適当に観光させて、満足したところで帰すつもりだったけど私たちが何かに気付きそうだったから早めた」

い。


「さあ？　それを知るのは今からだよ。ま、見当はついてるけど」

そう言うと、私はモードンさんの眼をまっすぐに見据えた。

基本的に温厚でゆるい私だけど、流石に劇薬を盛られて黙っていられるほどのお人好しでもな

それに私だけならともかく、可愛いイルーシャにまで一服盛ったのだ。

本当なら、魔法の一発でもぶち込んでやりたいところだ。

すると私が本当に怒っていることを察したらしいモードンさんは、たちまち蒼い顔をして怯む。

どうやら、もともとこういったやり取りには慣れていないらしい。

「…………イルーシャさんには通用したのに」

「ありゃ普通に酔っただけだよ。魔力酔いじゃないから」

イルーシャの魔力量は私に比べると少ないが、それでも人並外れて多い。

あれでも私が徹底的に鍛えてきたからね、そんなに柔じゃないのだ。

それを聞いたモードンさんは、どこか気の抜けたような顔をして座り込む。

「完敗ですよ」

「んじゃ、どうしてこんなことしたのか教えてくれる？」

「……はぁ」

「何かとは、何です？」

モードンさんの口から、諦観に満ちた深い深いため息がこぼれた。

彼はゆっくりと、視線をこの部屋唯一の窓の方へと向ける。

そこからは、ぼんやりと光る黄金石が見えた。

「すべては、あの黄金石のためなのです」

「詳しく訳を説明してもらおうか」

こうして、私はモードンさんからゆっくりとこの国の事情を聴くのであった。


――○●○――


「つまり、黄金石に込められていた魔力が尽き始めたのがそもそもの発端だったと」

「そういうことです」

モードンさんから説明を聞いた私は、椅子に深くもたれかかりながら内容を整理した。

事の始まりは今からおよそ一年前のこと。

太陽のごとく地底を照らしていた黄金石が、朝になっても暗いままという事件が起きたらしい。

そこでモードンさんを始めとする城の学者が調査したところ、黄金石に蓄えられていた魔力が枯渇しつつあったそうだ。

そのため、書庫で発見された古文書を参考に魔石から抽出した魔力を注ぎ込んだそうなのだが……。

「補充はできたけど、モンスターに狙われるようになってしまったと」

「ええ。もともと黄金石はモンスターを退ける力を持っていたはずなのですが、夜になると逆に引き寄せるようになってしまいまして。大量の魔石を捧げることで、一時的にその性質を抑えることはできるのですが……」

うーん、まるで自ら生贄《いけにえ》を求めているみたいだな……。

窓の外でぼんやりと光る黄金石が、急に何か禍々《まがまが》しいもののように見えてきた。

やっぱり、先ほど感じたどこかゾッとしない気配は正しかったようだ。

「もしかして、魔石が高騰しているっていうのもあなたたちのせい？」

「そうです。人間の領主に感づかれないように、いくつかの商会を通して魔石を密かに買い集めたのです。その費用を捻出するために、親方衆には少し無理をしてもらって武具の量産もしていました」

「親方さんたちは、このことを知ってて協力してるの？」

「いえ……。彼らには食料の買い付けに使っていると説明しています。表向き、黄金石の不調は既に解決したことになっていますから」

「でも、こんな状態は長くは続かないよね」

私がそう言うと、モードンさんの顔がさらに険しくなった。

彼だって、この状態が持続可能でないことはわかっているはずである。

既に価格が高騰するほど魔石を買い集めているのだ。

そのうち買えなくなるのは目に見えているし、あの領主さまだって気付くのは時間の問題だろう。

そうなれば、モンスターの大群に襲われるか人間との戦争が起こるかする。

「我々も、それはわかっています。ですが、この国には黄金石がどうしても必要なのです」

「この地底を照らす太陽みたいなものだもんねぇ……」

黄金石が無くなれば、ドワーフたちの暮らしが立ち行かなくなるのも目に見えている。

はてさて、いったいどうしたものかな。

私は腕組みをしながら、少し考え込み始める。

「城から見つかった古文書には、本当に魔石から抽出した魔力を注げってあったの？」

「ええ。そのための具体的な方法も書かれていました」

「うーん、どうも正しい方法とは思えないね。その古文書、私にも見せてもらえない？」

ここで私は、あえてサラッとした感じで話を切り出してみた。

するとたちまち、モードンさんはとんでもないとばかりに勢い良く首を横に振る。

「いやそれは……！　城の重要な文書を、部外者には見せられませんよ！」

「部外者って、もうしっかり巻き込まれちゃってるんだけど」

「それは……。ですが、そう言われても私にそれを決められる権限など……」

身を小さくして、完全に困り顔のモードンさん。

確かに、一介の学者である彼が決めるのは無理そうだな。

明日、イルーシャが起きたら相談してみるか。

「しょうがないなぁ。今日のところはもう遅いし、寝よっかな」

「おやすみなさい」

「言っとくけど、手を出したら今度こそただじゃおかないからね？」

「わ、わかってますよ」

そう言ってモードンさんを脅しておくと、私はフェルと一緒に部屋に戻った。

こうしてその日はゆっくりと眠りに就いたのだった。

第七章…突入

「ええ、魔石の粉を飲まされた!?」

翌朝。

事の顛末を聞いたイルーシャは、ひどく動揺していた。

人口の限られた平和な里じゃ、こんなことあり得ないからね。

ひどくおびえた様子の彼女の背中をよしよしと撫でてやる。

「大丈夫だよ、イルーシャは私が守るから」

「は、はい」

「モードンさんは全力で反省してよ。こんなかわいい子を怯えさせちゃって！」

「も、申し訳ありません……」

モードンさんは改めて、深々と頭を下げた。

……まあ、本気で反省しているようだしこれ以上は詰めないけどさ。

もしまた何かあったら、今度こそただじゃおかないからね！

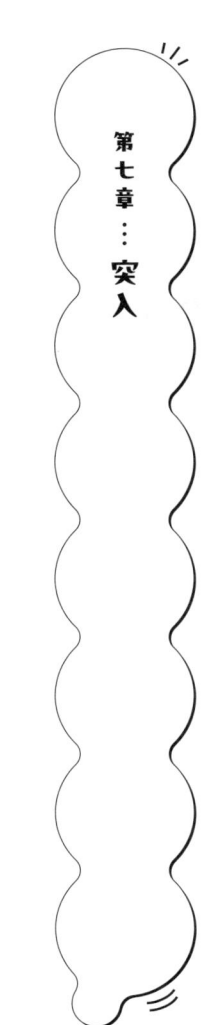

「それはそうとして、どうします？　資料を確認しようにも、入れないんですよね」

「うん。モードンさん、城に抜け道とかってないの？」

「いえ、そのようなものは……ないはずです」

モードンさんは一瞬考え込むような仕草をしたが、そう答えた。

……これは、たぶんあるな。

私は直感的に、モードンさんが何かを隠そうとしていると感じる。

「……そっか。じゃあ諦めるしかないね」

「どうでしょう？　今日は下層の農場にでも行ってみますか？　美味しいキノコがたくさんありますよ」

「んん～～！　キノコは美味しそうだけど、イルーシャがね。まだ、頭くらくらするでしょ？」

私はそう言うと、イルーシャとアイコンタクトを取った。

すると彼女は意図を察したのか、大袈裟な仕草でふらつき始める。

「そ、そうですね。まだめまいが……しばらくおうちでゆっくりさせてください」

「イルーシャは私が見てるから、モードンさんはお仕事にでも行ってて。私たちの相手で滞ってるでしょ？」

私にそう言われて、モードンさんは大人しく部屋を出て行った。

薬を盛ったこと自体に負い目があるからだろう、多少不審な点があっても追及はしてこなかった。

　よしよし、上手くいったな……。

「とりあえず合わせましたけど……。ララート様、何をするつもりですか？」

「決まってるじゃん。抜け道を使って、こっそりお城に侵入する」

「……ヤバいですよ！　それに、抜け道なんてないって言ってたじゃないですか！」

「いや、あれはあるね。答える前に溜めがあったもん」

「だとしても、そんなのどうやって見つけ出すんですか？」

「そりゃもちろん、フェルのお鼻で」

　私はそう言うと、小さくなっていたフェルを抱きかかえた。

　精霊獣であるフェルは、一般の犬なんてはるかに上回る嗅覚を持っている。

　抜け道の一つや二つ、簡単に見つけられるはずだ。

「フェルならできそうではありますけど……」

「お城の書庫へ行けば、希少な資料がきっといっぱいあるよ。ひょっとすると、古代の魔導書とかもあるかも」

「おぉ！　ちょっと興味惹かれますね！」

「あとは、美味しいドワーフ料理のレシピ本とかも！」

「……それは、ララート様があったらいいなって思ってるだけですよね？」

「と、とにかく！　このままだとらちが明かないしさ。行ってみよ」

イルーシャの疑問を私は強引に押し切った。

こうして私たちは、城の書庫へと忍び込むべくこっそりと家を出るのだった。


――○●○――


「全然気づかれないね」

光魔法で姿を消した私たちは、城の衛兵の前をゆっくりと通過していた。

魔法は完璧に機能しているらしく、衛兵たちは壁にもたれかかって呑気にあくびをしている。

まったく、国が大変だというのに気楽なもんだ。

「フェル、どうですか？　抜け道の気配はありますか？」

イルーシャの問いかけに、フェルはこっちへ来いとばかりに前脚を上げた。

彼はそのままどんどんと通路を下へ進んでいき、やがて大きな石の前で足を止める。

「これが入り口？」

「わん」

試しに岩を押してみると、大きさの割に軽い感じがした。

流石はフェル、これで間違いないようだ。

「イルーシャも手伝って。押すよ」

「はい！」

周囲に人がいないことを確認して、岩を二人掛かりで押す。

――ザラザラザラ……。

やがて岩の下から、下へ続く階段が姿を現した。

おー、こりゃ映画みたいだね！

私たちはすぐにそこを下って、そのまま奥へ奥へと進んでいく。

「これは間違いなさそうだね」

「ええ。でも、どこへ繋がってるんでしょうね？」

やがて下向きだった階段は上向きとなり、折れ曲がりながらも高度を上げていった。

方向からして、まず間違いなく城へと続いているだろう。

さてさて、一体どこへ繋がっているのかな。

テンプレな感じだと、地下牢とかだろうか？

それとも、王さまの寝室とかかな。

いずれにしても、書庫へ近い方が嬉しいんだけど。

「……声が聞こえてきましたね」

「注意してよ。魔法で姿は見えないはずだけど、音は聞こえるからね」

そう言うと、私たちは慎重に足音を殺して階段を上った。

するとやがて、行き止まりへと到着する。

天井の部分が蓋のようになっていて、どうやらここが出入り口となっているらしい。

「……重っ！　イルーシャ、手伝って」

「はい……」

何かで塞がれているのだろうか。

蓋を開けようとしたが、重くてびくともしなかった。

そこでイルーシャも加えて、二人掛かりでえいやと動かそうとする。

ほんっと重いなぁ、こうなったら……。

私は身体強化を最大限に掛けると、思いっきりジャンプして体当たりをした。

すると――。

「うおっ!?」

「ふぅ、出られた……あ？」

豪華な椅子とそこから放り出されたらしい王冠を被ったドワーフが、目の前に転がっていた。

さらに周囲は地底とは思えないほどの大空間で、太い柱に支えられた天井は聖堂を思わせるような荘厳な造りである。

これは……あれかな？

ゲームとかでたまにある、玉座の裏に抜け道があるってパターンだったのかな？

何となく事情を察した私は、たまらず目を丸くした。

そうしているうちに、王冠を被ったドワーフが起き上がって叫ぶ。

「曲者《くせもの》だ、今すぐ捕らえよ!!」

姿が見えないものの、凄い勢いで突っ込んでくるドワーフの戦士たち。

彼らの数の暴力によって、私たちはすぐに取り押さえられるのだった。

○●○

「まさか、エルフが城に忍び込んでくるとはな」

戦士たちに取り押さえられた私たちを見て、呆れたように語る王さま。

白い髭を蓄え、高齢にもかかわらず筋骨隆々としたその姿は威厳たっぷりだ。

椅子から吹っ飛ばされて倒れていた人と同じとはとても思えない。

「そなたたち、モードンが案内していたエルフだな？」

「そうだよ。私はエルフの里から来た魔導師のララート。で、こっちが弟子のイルーシャ」

「よ、よろしくお願いします！」

「……用件はおおよそ察しておる。モードンを通じて、そなたらを追い返そうとしたのは余だ」

「やっぱりそうだったんだ」

あのモードンさんが、独自の判断で劇薬を盛るなんて大それたことをするはずがない。

必ず上からの命令があるとは思っていたが、まさか王さまだったとは。

しかしそうとわかれば、やっぱり色々聞かなきゃいけないね。

「私たちを早く追い返そうとした理由はなに？　黄金石のことを調べられたくなかったから？」

「モードンめ、そこまで話したのか」

「半分ぐらいは私が強引に聞いたんだけどね。弟子に劇薬を盛られたら、理由も聞きたくなるよ」

「それはそうだな。しかし、もう十分だろう。これ以上、黄金石のことを知ってどうする？」

どうすると来たか。

確かに、領主さまから受けた依頼はあくまでアースドラゴンの討伐だからね。

でも、それとこれとはしっかりと関係している。

「アースドラゴンと黄金石の間には繋がりがありそうだからね。詳しく調べさせてもらわないと」

「なるほど。だが、いくら事情があろうと黄金石は我が国の宝。そう簡単に調べさせるわけにはいかん」

「言っとくけど、黄金石を放っておいたらアースドラゴンみたいなのがさらに来るかもよ？」

私がそう言うと、王さまの眉間の皺が一気に深くなった。

王さまも事態の深刻さについては、きちんと理解しているらしい。

「……ふん、そなたのような小娘に何がわかる」

「そうかな？　エルフが魔法に詳しいってことは、ドワーフが一番よく知ってるんじゃないの？」

そう言うと、私は一歩前に出て王さまとの距離を詰めた。

視線が交錯し、緊張が高まる。

王さまを守護する近衛兵たちが、にわかにこちらへ視線を向けてきた。

その眼ときたら、今にもこちらへ飛び出して手にした斧で切りかかってきそうだ。

そして――。

「大した自信だ。いいだろう。資料を調べる許可を出す。ただし、結果は必ず余に報告せよ」

「ありがとう。あと、ついでに小娘ってのも取り消して。たぶん年上だから、尊敬してよ」

「王に尊敬しろとは、思い上がりもそこまで行くとすがすがしい。戦士長、こいつを書庫へ連れて行ってやれ」

「はっ！」

流石は王さま、器が大きい。

豪快な笑いが響くと同時に、先ほど私たちを案内してくれた戦士長さんが再び前に出てきた。

彼はフンッと鼻を鳴らしながらも、私たちを先導して歩き始める。

やれやれ、ひとまずは交渉成立といったところか。

「何とかうまくいったね」

「これだからお城に忍び込むなんて無茶、したくなかったんですよ」

「わんわん！」

「いやぁ、流石の私もいきなり王さまを突き飛ばすことになるとは思ってなくてさ」

怖い顔で警告を発するイルーシャとフェルを、慌てて宥める。

私だってホントはこっそりと城に入るぐらいで済ませるつもりだったんだからね。

まさかこんな大ごとになるとは、思いもよらなかった。


「ここだ」

「思ったよりこぢんまりとした感じだねえ」

「わしらは書物よりも実戦で技術を継承してきたからな。書庫と言ってもこの程度だ」

「なるほどねえ、モードンさんが苦労するわけだ」

案内された先にあったのは、城の書庫というにはあまりにも小さな部屋であった。

前世で暮らしていた六畳一間のワンルームマンションより一回り大きいぐらいの感じである。

やれやれ、一国の知の集積がこの有様とは。

呆れながらも書庫の中に入ると、古本独特の黴《かび》のような匂いが漂ってくる。

「この本の匂い、嫌いじゃないよ」

「ララート様、里でもよく図書館にこもってましたもんね」

「……古文書は確か一番奥の書棚にあるはずだ。後は自分で探すんだな」

それだけ言うと、戦士長さんは書庫の外に出て行った。

どうやら、外で私たちのことを監視しつつ待つつもりのようだ。

この様子だと、のんびり他の本を見ている暇はなさそうだね。

ええっと、一番奥の書棚というと……あれか。

「ここみたいだね。問題の古文書は……」

「ララート様、これじゃありませんか？」

「お、早いじゃん！」

「この本の周りだけ埃《ほこり》が無かったので。モードンさんも最近のララート様に少し似てますね」

「……何だか嫌な理由だった！」

そうは言いつつも、私はイルーシャの差し出した本を受け取った。

古文書というだけあって相当に古いものらしく、革で出来た表紙の一部が擦り切れて白くなっている。

金で箔押しされたタイトルは『太陽の再生と研究』で、いかにもそれっぽい。

「……ん、これで間違いないみたいだね」

「読めますか？」

「私を誰だと思ってるのさ。それにこれ、現代語だね」

さっそくページを開くと、古代の言語ではなく現代語で記されていた。

これだけ古そうな書物なら、古代文明の遺産か何かと思ったが……そうではないらしい。

記されている魔法陣も、規模こそとんでもないが理解の範囲内だ。

「なるほど、これは……」

しばらく読み進めたところで、私は本をぱたりと閉じた。

予想していたことではあったが、これは相当にひどい。

「どうですか、ララート様？」

「どうでしたも何も、偽物だね」

「偽物!?」

大きく目を見開き、素っ頓狂な声を上げるイルーシャ。

私はあるページを開くと、そこに書いてある二つの魔法陣を示す。

「これを見て。右側の術式は古代ウェーロッグ文字を使った千年以上前の骨董品だけど、左側の術式は現代ザーランド文字を使った六角記法が使われているから相当に新しい」

「ほんとだ、だいぶ年代がズレてますね。これ、それぞれ何の魔法陣なんですか？」

「右側が黄金石に組み込まれている魔法陣で、左側が魔石から魔力を抽出する魔法陣だね」

「それじゃあつまり……」

「そう。魔石から魔力を抽出する術式は後から編み出されたもの。黄金石に魔力を補給するための正規の方法ではないってわけ。それにこの古文書って言われている本自体、実際にはだいぶ新しいものなんじゃないかな」

あれこれ古く見せかけようとしているが、よくよく調べてみると材料が新しい。

特に内側のページは紙の劣化がほとんど進んでおらず、ここ百年以内に書かれた本であることはほぼ確実だ。

恐らくだが、誰かがもともとあった黄金石の資料を参考に新たに書き起こしたものだろう。

それなりに魔法の知識があることからして、それは恐らくドワーフではあるまい。

「いったい誰がこんなものを……」

「決まってるじゃん。例の盗人だよ。本を盗み出すついでに、この偽の古文書を書庫に置いていったんだ」

「黄金石の魔力が尽きて、困ったドワーフさんたちが書庫の資料を漁ることを想定してですか？」

「うん。ひょっとすると、黄金石の魔力が尽きたのもそいつらのせいかも。何かしら、魔力が抜けるような細工をしたんじゃないかな」

私がそう言うと、イルーシャの顔色が悪くなった。

昨日のモードンさんなどとは比べ物にならない、正真正銘の悪意に触れたのだ。

純真無垢な彼女がショックを受けるのも無理はないだろう。

「……ここに記されてる魔石から魔力を抽出する方法は、モンスターが持ってる魔瘴の処理が意図的に無視されてる。こんな方法で大量の魔石から魔力を抽出して注ぎ込んだりしたら、すぐに黄金石が魔瘴でいっぱいになるね」

「そんな恐ろしいこと……」

モンスターの身体には、わずかながらに魔瘴が蓄えられている。

少量ならばたいした問題ではないが、これがもしたくさん集まってしまうと大変なことになる。

強力な魔瘴はモンスターを呼び寄せる餌となってしまうのだ。

「フェルがこの国に来た時、具合悪そうにしてたのもこのせいだろうね。精霊は敏感だから」

「わん、わん！」

「いまはもう慣れたみたいだけどね」

私はゆっくりとフェルの身体を抱き上げると、その頭を撫でた。

そして、再びイルーシャの方を見ると意を決して語る。

「話を戻すよ。この術式を開発したやつは、魔瘴をためてモンスターをおびき寄せ、やがてはこの国を潰すことが目的だったとみて間違いないね」

「でも、どうして……！」

「ミスリル製の武具を作る技術を自分たちだけで独占したいんだよ。そのために本家であるこの国のドワーフたちが邪魔になった。でも表立って動くと、ドワーフと取引をしている国々も黙っちゃいないからバレないようにってとこだろうね」

そう説明すると、イルーシャはいよいよ泣き出しそうになってしまった。

私はゆっくりと彼女に近づくと、その背中を強く抱きしめてやる。

「大丈夫、こんなくだらない陰謀はこのララート様が打ち砕いてやるんだから」

「できるんですか……？」

「私はエルフの大魔導師だよ。できないことなんて、あんまりないって」

そう言うと、イルーシャを安心させるべく満面の笑みを浮かべた。

そして気分を切り替えるように、パンッと手を叩く。

昨日からちょっと怒ってるけど、もう本気で怒ったよ。

どこの誰だか知らないけれど、絶対に許さないんだから！

「さあ、王さまのところへ行くよ。さっそく、調べた結果を聞いてもらわないと」

「これをそのまま伝えるんですか？　国が亡びるなんて知ったら、彼らは……」

憂鬱そうな顔をするイルーシャ。

ある意味、国の余命宣告みたいなものだからしたくないという気持ちはわかる。

「平気だよ、もう解決策は思いついたから」

「え、もう考え付いたんですか？」

「当然！　というか、術式を見たら作成者が何を考えていたのか意図は明らかだったし」

黄金石の魔力が尽きた際、本来ならばどのように対処するのが正しいのか。

術式を読み解けば、作成者がどのような方法を想定していたのかは明らかだった。

いや、正確に言うならば……どうして欲しかったかというところであろうか。

黄金石の術式には、それを作成した者の想いがたっぷりと詰まっていたのだ。

「隊長さん、また王さまのところへ案内して！」

「……もう調査が済んだのか？　ずいぶんと速いな」

「私はできるエルフだからね」

「減らず口を。これでもしろくでもないことを言ったら、その首を刎《は》ねてやるぞい！」

戦士長さんは背負った大戦斧に手をかけ、思いっきり私のことを睨みつけた。

おーおー、こりゃまたすっごい殺気だこと。

下手なことをすれば脅しでも何でもなく、即座に私の首を斬りに来そうだ。

「そんなに脅さなくても、大丈夫だって」

これでもなお納得しない様子の戦士長さんと、討論未満の言い争いをしながら歩くこと数分。

私とイルーシャ、そしてフェルの三人は再び王さまのいる謁見の間へと戻ってきた。

予想以上に早い帰りに、皆、呆気にとられたような表情でこちらを見ている。

「早かったな。まだ一刻ほどしか経っていないのではないか？」

「いったい、何がわかったというつもりなのだか」

「案外、もう白旗を上げるつもりなのかもしれんぞ」

王の横に控えている貴族らしきドワーフたち。

彼らは私の顔を見るなり、眉をひそめて陰口を叩いた。

そして――。

「…………結局、連れてこられちゃいましたよ」

「モードンさん！」

ここで、貴族っぽい集団からモードンさんがはじき出された。

どうやら、古文書を調べている間に城へと連行されてきたらしい。

彼はすぐさま私の手を取ると、凄い勢いで王さまに向かって土下座を始める。

「偉大なる王よ。この者の起こした数々の無礼は、すべて私の責任です！　このうえは、この命をもって償いを――」

「わ、何するの！　そんなことしちゃダメだって！」

「止めないでください！　だいたい、元はと言えばあなたがこんな無茶苦茶をするから……！

それもこれも、あなた方の嘘を見抜けなかった私の責任です！」

「だからってねえ！」

懐から取り出したナイフで、首を貫こうとするモードンさん。

私は慌ててその手を止めようとするが、学者といえどもドワーフである。

思っていたよりもずっと力が強く、そのまま揉み合いとなってしまう。

すると――。

「よい！　騒ぐな！」

王さまの一喝が、力強く広間に響いた。

たちまち、モードンさんはナイフを鞘に納めて深々と平伏する。

私とイルーシャもまた、姿勢を正して王さまの方へと向き直った。

「戻って来たからには、何かわかったのだろう？　聞かせてみよ」

「ええ。まず、例の古文書だけどまず間違いなく偽物だよ。魔法の知識があればすぐ見破れるぐらいの出来だった」

「そんな！　あれは城の書庫から出てきたものですよ」

「じゃあ聞くけど、あの本について目録とかには書いてあったの？」

「目録……。申し訳ない、実は城の書庫の目録は作成中で……」

「やっぱり。もうちょっと書籍を大事に扱った方がいいね、この国は」

私がそう言うと、モードンさんは申し訳なさそうに身を小さくした。

この国の学者として、今の書庫の在り方には忸怩《じくじ》たるものがあるのだろう。

その表情からは恥ずかしさと同時に悔しさが見て取れる。

「書庫に泥棒が入った時に、バレないように仕込まれたんだろうね。で、ドワーフさんたちはそのことに気付かずに偽物の古文書に頼って黄金石が魔瘴に汚染されちゃったってわけ」

「……なんと、黄金石が魔瘴に!?」

「そんな、だからモンスターがあれほど湧いたのか!?」

「ううむ、やはり魔石を使うには無理があったか」

「もしや、あのアースドラゴンも……」

再び騒ぎ出す貴族たち。

この人たちの中にも、アースドラゴンのせいで家が潰されてしまった人がいるのだろう。

動揺は大きく、明らかに狼狽《ろうばい》しているのが見て取れた。

すると再び、王さまが大きく咳払いをして彼らを落ち着かせる。

「……騒ぐな。エルフよ、そなたの話を最後まで聞こうではないか」

「ありがとう。じゃあ続けるけど、あの古文書に書いてある方法を行う限りモンスターは湧き続けるよ。目覚めたアースドラゴンもこの国を狙ってくるだろうね」

「……ならばどうすれば良い？　その様子なら、解決策の一つでも思いついているのだろう？　それを言えば、城に侵入したことは忘れようではないか」

「もちろん、ちゃんと考えてあるよ」

そう言うと、私は一拍の間を置いた。

ドワーフの人たちにとっては、なかなか衝撃的なことを言わねばならない。

基本的にゆるゆるやっている私であるが、流石に緊張という感情がないわけではないのだ。

「……他の種族の魔法使いに魔力を注入してもらう。それしかないね」

「馬鹿な！　それでは他種族に我らの弱みを握られてしまう！」

「そうだ！　だいたい、神聖な黄金石を他種族に触れさせてたまるか！」

その場にいたドワーフたちから、次々と反対の声が上がった。

そりゃそうだ、もともと排他的な種族だしね。

まして、上手くやらないと彼らが言うように魔力を供給する者に生殺与奪を握られてしまうだろう。

「ドワーフではダメなのですか？　わずかながら、魔力を持つ者もいますが……」

ここで、モードンさんが困ったような顔で尋ねてきた。

私はすぐにフルフルと首を横に振る。

「それじゃ全然足りないね。下手すると魔力を吸われ過ぎて死んじゃうよ。それに……」

「それに？」

「あの黄金石を作製した魔法使いは、ドワーフと他種族が協力することを理想としていたんじゃないかな」

一瞬の沈黙。

皆、私がどうしてそう思ったのか理解に苦しんでいるらしい。

やがて王さまが、そんなドワーフたちの疑問を代弁するようにゆっくりと問いかけてくる。

「……なぜそんなことがわかる？」

「あの黄金石、作製したのはエルフだよ。それが後世の人にもわかるように、あえて古代エルフ独特の技法をたっぷり使ってる」

「エルフだと？」

王さまの眉間に思いっきり皺が寄った。

モードンさんも、たちまち泡を食ったような顔をする。

「ありえませんよ。なぜエルフが我々のためにあんな大規模な魔道具を？」

「じゃあ逆に聞くけど、黄金石は誰が作ったことになってるの？」

「……不明です」

絞り出すような声でモードンさんはそう言った。

私の言っていることが正しいとうすうす感づいてはいるのだろう。

掠れた声が彼の弱気を感じさせた。

「考えてもみてよ。大昔にあれだけの魔道具を作る技術なんて、エルフ以外に持ってないよ。恐らくだけど、ドワーフとエルフの戦争が起きた時にドワーフ側についたエルフがわずかだけど居たんだと思う」

「……先の大戦に伴う資料は王家が保存しているが、そのような資料は一切ない」

ここで、王さまが重々しく口を開いた。

それに合わせるように、貴族たちもまた騒々しく騒ぎ立てる。

「その通りだ、エルフが黄金石を作ったはずがない！」

「そうだ、奴らはドワーフの敵だ！」

「エルフは敵だ！」

私とイルーシャがエルフであることを忘れたように、シュプレヒコールが上がった。

ったく、本当にドワーフの人たちはエルフのことが嫌いなんだなぁ……。

エルフの側もドワーフを嫌ってはいるが、ここまで強烈な敵愾《てきがい》心はたぶんない。

戦争において勝ったものと負けたものの差であろうか。

基本的に、先の戦いは魔法を駆使するエルフが優勢だったと聞いているし。

「とにかく、黄金石に他種族を関わらせるわけにはいかん。まして黄金石がエルフの手によるものなどという戯《たわ》けた説など、検討するに値せぬわ」

「そんなこと言っても、今の状況を続ける限りはモンスターが集まり続けるよ。アースドラゴンだって、またいつ来ることやら」

「ならば、我らの手でモンスターどもを倒し続ければよい。戦士たちよ、できるな？」

「もちろん！　たとえアースドラゴンが来ようとも、打ち倒してみせましょうや！」

自信たっぷりにそう言うと、ドワーフの戦士たちは胸をドンと叩いた。

あっちゃー……本気なの……？

彼らが弱いとは思わなかったが、それでもドラゴンに勝てるかどうかは非常に疑問だ。

だいたい、それができるなら領主さまも依頼を出したりしないのではなかろうか。

そう思っていると、王さまが玉座を立って戦士たちを鼓舞するように言う。

「偉大なる戦士たちよ！　我らが宝たる魔剣の使用を許可する！　必ずやモンスターどもからこの国を守護せよ！」

「おおおおっ！！！」

天に拳を突き上げ、雄叫びを上げる戦士たち。

魔剣か……。

確か、刃に魔法陣を刻むことで様々な効果を付与した武具である。

ドワーフの匠にはこれを作る技術があるとは聞いていたが、まさかこんなところでお目にかかることになるとは。

こりゃ、ひょっとするとひょっとするかもしれないなぁ。

「うーん、大丈夫かな」

「そうですね。皆さん、大怪我しないといいんですけど」

「そうじゃなくてさ。ドワーフだけでドラゴンを倒しちゃったら、食べられないじゃん」

そもそも私がここに来た目的は、美味しいモンスターを食べること。

そしてその美味しいモンスターとは、アースドラゴンであった。

私が倒せば自然と食べられたはずだが、もしドワーフたちが倒せばそのお肉は口に入らないかもしれない。

「……この期に及んで、その心配ですか？」

「重要なことだよ、私のモチベーションに関わる！」

「ほんとに、いつでもどんな時でも食い気ですね！」

「食はすべての基本だから」

「格言っぽく言わないでくださいよ！」

はぁーっと大きなため息をつき、額を手で押さえるイルーシャ。

私から言わせれば、イルーシャの方こそ目的がわかってないいんだけどねえ。

まあとにかく、ドワーフさんたちが無茶しないように見張ってないと。

私たちがそう思っていると、王さまがゆっくりとこちらを見て言う。

「さて、変わってそなたたちの処遇であるが」

「んん?」

「王城に乗り込み、さらには不用意な発言によって国を乱した罪は大きい。よって、領主が身柄を引き取りに来るまで禁錮とする」

「はあ?　ちょっと待ってよ、ちゃんと解決策は言ったじゃん!」

「使えぬ策は策ではない」

「そんなのあり!?」

私が戸惑っていると、ドワーフの戦士たちがイルーシャとフェルに武器を突き付けた。

流石の彼女たちも、想定外のことにとっさに反撃できなかった。

「ラ、ララート様!?」

「わん、わんっ!」

「………………はいはい、大人しくするよ」

「よし、杖を置け」

「何にもしないってば」

やむなく私は杖を置き、両手を上げた。

いくら私でも、イルーシャとフェルを人質に取られてしまっては何もできない。

こうして私たち三人は、城の牢へと入れられることとなったのだった。

第八章…王国決戦

「うわー、凄い湿気……」
ドワーフたちが築き上げた巨大な地下城塞。
その下方には天然の洞窟をそのまま活用したらしい大きな地下牢があった。
壁は鍾乳洞そのままで、落ちくぼんだ所に鉄格子が埋め込まれているようである。
どこかから地下水が染み出しているのだろう。
そこら中に苔が生えていて、黴のような臭いが充満している。
うへえ、こんなところに居たら肺がやられちゃいそうだな。
鼻のいいフェルに至っては、さっきからすごく嫌そうな顔をしている。
ったく、これじゃ健康に悪いよ！
思わず文句の一つでも言ってやりたいところだが、あいにく今の私たちは囚人。
有無を言わさず、一番奥の牢屋の中へと突っ込まれる。
「大人しくしているんだな」

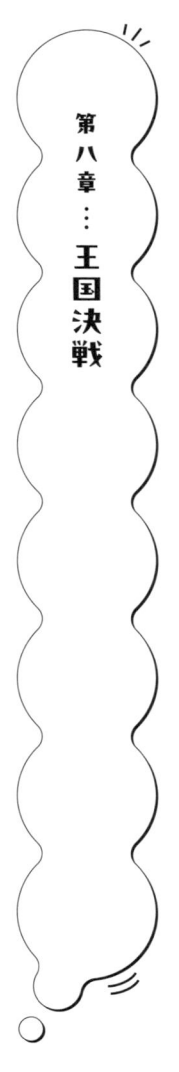

「へいへい」

私が抵抗する素振りを見せないことに安心したのだろう。

私たちをここまで連れてきたドワーフの戦士は、すぐに来た道を引き返していった。

やがてその背中が見えなくなると、すぐにイルーシャがぷくーっと頬を膨らませる。

「……もう、ぜんぶララート様のせいですよ！」

「わんわん、わん！」

「いやー、まさか、王さまが真実を認めないなんて」

「彼らからすればそう簡単に受け入れられませんよ。自分たちを長年支えてきた黄金石がエルフによって作られたなんて」

「そんなに嫌なものかなぁ……。私はむしろ素敵だと思うけど」

「……素敵ですか？」

イルーシャはきょとんとした顔で私の方を見た。

私は黄金石がある方向を見上げると、遥か遠い昔に思いを馳せる。

「エルフとドワーフの戦争はお互いに多くの血を流す凄惨なものだったって伝えられてる。そんな戦争の直後に、敵対していたドワーフのために魔道具を作ったエルフがいたんだよ？　しかも、長い年月を超えた先に両者が和解することを期待した仕組みまで用意してさ。それってすごいロマンチックだと思わない？」

「言われてみれば……そうかもしれないですね」

「でしょ？　それをあの王さまときたら、台無しにするようなことを……」

文句を言いながら、私は地下牢の床に腰を下ろした。

いや、床というよりも地面と言った方が適切だろうか。

お尻を襲う冷たさに、ますますテンションが下がる。

「これからどうなるんでしょうね？」

「わうぅ……」

「王さまの言っていた通り、領主さまの迎えが来れば引き渡されるはずだよ。むしろ、問題はその後だろうね」

「ドワーフの国でやらかした私たちを、領主さまがどう扱うかですか」

「依頼未達成で冒険者ギルドから除名……ぐらいならいいほうだろうね、たぶん」

「まずいじゃないですか！　冒険者の身分を失ったら、魔法が使えなくなっちゃいますよ！」

「そだねえ。いっそ、三人でアウトローとして生きていく？」

私とイルーシャ、そしてフェルの実力は恐らく世界でもずば抜けている。

その気になれば、裏社会でも余裕で生きていけるはずだ。

異世界アウトロー生活なんていうのも、案外悪くないかもしれない。

……まあ、私はともかく生真面目なイルーシャがそんな生活になじめるわけないか。

アウトローと言った途端に、イルーシャがこちらを見る目は冷め切っていた。

「冗談だって。そんなマジな顔しないでよ」

「いまのララート様ならやりかねないと思いましたので」

流石は長年付き合ってきた愛弟子、私のことを実によくわかっていらっしゃる。

まるで熟年夫婦のような阿吽の呼吸だ。

「……まあ、きっと大丈夫だよ。何とかなるって」

「もう、呑気なんですから」

「騒いでもお腹が減るだけだよ」

そう言うと、私は壁に思いっきりもたれかかった。

こういう時こそ落ち着いてどっしり構えることが肝要なのである。

そうしていればきっと道が……。

「お、さっそく誰か来るみたいだよ」

私の考えの正しさを示すかのように、ギイイッと重々しい音が聞こえてきた。

牢獄と上階を隔てる扉が開いた合図である。

やがて小さなランタンを手に現れたのは、何とも弱り切った様子のモードンさんであった。

「……モードンさん」

「まったく、あなた方には困りましたよ。王城に侵入した挙句、あのようなことを言うなんて」

「そう言って、本当は私に真相を突き止めて欲しかったんじゃないの？」

昨日の夜、私はモードンさんに手出しをされないようにフェルに見張りを頼んだうえで眠りについた。

しかし、彼が本気を出せばいくらでも私を止める方法はあったはずだ。

それこそ戦士団にでも通報して、家を取り囲んでもらえば良かったのだ。

今朝だって、何だかんだ私たちを本気で止めようとはしてない感じだったし。

イルーシャの二日酔いだって、かなり胡散臭《うさんくさ》かっただろうしね。

「ええ、私としてもあの古文書には少し違和感がありまして……」

「魔法の専門家の私に見て欲しいって思った。だから、止めなかったってわけだ」

「そんなところです」

そう言うと、モードンさんは懐から小さな包みを取り出した。

やがてその中から、美味しそうな串焼きが出てくる。

焦げたキノコと脂の香ばしい匂いがふわりと漂ってきた。

「キノコとトカゲ肉の串焼きです。美味しいですよ」

「おお！　こりゃいいね！」

お腹が空いてきたところに、何ともナイスな差し入れである。

私はすぐに六本あった串焼きを受け取ると、すぐさま二本ずつ分けることにする。

「はい、イルーシャの分」

「私はあまりお腹が……」

そう言って断ろうとするイルーシャだが、ここで彼女のお腹が大きく鳴った。

ゴロゴロとしたその音は、さながら巨獣が唸ったかのよう。

イルーシャの華奢な体格にはおよそ似つかわしくない音だった。

……そう言えば、酒に酔ったせいで昨日の晩ご飯はほとんど食べてなかったっけ。

「…………ください」

「素直でよろしい。フェルもほら、食べな」

「わん！」

私たちが食べるよりも先に、フェルが勢いよく串焼きにかぶりついた。

精霊獣といえども、獣の姿をしているだけあって本能には忠実なのだろうか。

前足を使って器用に串焼きを食べるその姿は、何とも食欲をそそる。

「いっただきまーす！」

「いただきます」

私とイルーシャはほぼ同時に串焼きにかぶりついた。

おおおぉ……こりゃまたいいね！

まず漂ってきたのは炭火独特の香ばしく豊かな風味。

それにやや遅れて、キノコの香りが鼻を抜けた。

もし私が一流のソムリエならば、大地の恵みを感じさせる芳醇な香りとでも言うのだろうか？

前世の私が一度だけ食べたことのあるトリュフ。

あの匂いによく似ていた、それも比べ物にならないほどに濃厚だ。

「んん〜〜!! このお肉もいいね！」

さらに秀逸だったのは、このトカゲ肉だ。

濃密な旨みのある赤身の肉で、牛タンのようなサクサクとした独特の食感だ。

とろけるような和牛も素晴らしいが、赤身のお肉もいいんだよねえ。

この歳になると脂の重さもちょっと感じるし……。

いやまあ、ララートちゃんは肉体的にはお子様なんだけど。

「美味しいです。この間のお肉とはだいぶ違いますね」

頬っぺたを押さえながら、静かな口調で告げるイルーシャ。

目を細めてゆっくりゆっくりと食材をかみしめるその表情は、まさに幸せそのもの。

先ほどまでの憂鬱な顔が嘘のようだ。

やっぱり、腹が減っては戦はできぬっていうのは真理だね。

「あれだけお肉が嫌いだったイルーシャが、もうすっかり虜だねえ」

「もともと、お肉が嫌いだったわけではありませんよ。掟があるから控えていただけです！」

「実は食わず嫌いだっただけじゃ？」

「違います！」

私がからかうと、イルーシャはムキになって怒った。

相変わらず、わかりやすい性格をしている。

ま、それがイルーシャのいいところでもあるんだけどね。

「食後はこれを。黒茸《くろきのこ》茶です」

「また魔石の粉が入っていたりしない？」

「もうそんなことはしませんよ」

差し出された飲み物を口に入れると、何だかウーロン茶みたいな味だった。

独特の苦みがあって、ちょっと薬膳っぽい。

「ん、美味しい」

「気に入ってもらえたようで」

「悪いね、飲み物まで差し入れして貰って。むしろ、よく持ってこれたね」

一見して洞窟のようだが、ここは城の下にある牢屋である。

当然ながらここへ来るまでに衛兵たちによる持ち物検査があることだろう。

こんな贅沢な差し入れ、よく持ってこられたものだ。

私が少し感心していると、モードンさんがそれは違うとばかりに首を振る。

「いえ、持ち込むのは簡単でした。どうやら、王はあなた方のことを――」

モードンさんが何事か伝えようとした瞬間であった。

急に大きな地鳴りのような音がして、地面が揺れた。

――ドスン、ドスン！

その後も周期的に音が聞こえてきて、そのたびに洞窟全体が微かに揺れる。

これは……いったい……！

嫌な予感がしつつも、何が起こったのかわからない私たちはすぐさま顔を見合わせた。

するとここで、モードンさんがつぶやく。

「アースドラゴンだ……！　あの怪物が、また国を襲いに来た……！」

眼を見開き、絶望に顔を染めるモードンさん。

乾いた声が、揺れる洞窟によく響いたのだった――。


――○●○――


「……相変わらずでかいのぅ！」

「この化け物が相手とは、骨が折れそうだ！」

地上へと展開したドワーフ戦士団。

彼らが目にしたのは、王国に迫ってくる巨大なドラゴンの姿であった。

どっしりとしたトカゲのような姿で、その全身には鱗が変化した巨大な棘《とげ》が生えている。

さらにその頭には、いかなるものをも貫くかのような鋭い角。

捻じれながら天を衝《つ》くその姿は、雄々しく禍々しい。

――ドスン、ドスンッ!!

山を揺らして進むその様子は、もはや生物というよりも災害であった。

「戦士たちよ、怯むな！　かかれぇっ!!」

「うおおおおっ!!」

鬨の声を上げ、山を駆けてゆくドワーフの戦士たち。

その手にはドワーフの匠たちが鍛え上げた魔剣が輝く。

彼らが狙うのは、アースドラゴンの大重量を支える前脚。

特にその負荷がかかる指であった。

「せやあああっ！」

「おっらあああ！」

鍛え上げられたミスリルの刃が一気に淡い輝きを帯びた。

これこそが、魔剣が魔剣たる所以である。

魔力によって材質が強化され、鋼をも切り裂く切れ味を得るのだ。

アースドラゴンの足元へと達した戦士たちは、怯むことなく魔剣を指に振り下ろす。

——キィン!!

金属質な高温が響き、火花が散った。

斬撃はドラゴンの鱗に弾き返され、戦士たちは顔をしかめる。

ドワーフの匠が鍛え上げた魔剣をもってしても、この巨大なアースドラゴンには通用しないようであった。

しかし、戦士たちは慌てない。

既に一度戦った経験から、アースドラゴンの鱗が極めて頑強であることを彼らは知っていたのだ。

「流石に硬ぇ！」

「くっそ、魔剣でも斬れねえか！」

「とにかく攻撃を続けろ、奴を足止めするんだ！」

大地を踏みしめるアースドラゴンの足。

タイミングを合わせてそれを回避しながら、ドワーフの戦士たちは執拗に攻撃を続けた。

頑強な鱗に守られているとはいえ、指への攻撃が多少は堪えるのだろう。

アースドラゴンの動きが次第に遅くなっていく。

「いいぞ、誘導に入れ！」

「こっちへ来やがれ、デカブツ！」

「おらおら、こっちだぜ！」

やがてアースドラゴンの視線が戦士たちへと向けられたところで、戦士長が号令をかけた。

戦士たちは一気にあらかじめ決めておいた場所へと走り出す。

今回の戦いに際して、ドワーフの戦士たちには魔剣の他に秘策があった。

彼らとて、一度は国を荒らされた相手に無策で挑んでいるわけではないのだ。

「ほらほら、どうした！」

「俺たちが怖いのか？」

やがて目的地にたどり着いたところで、戦士たちはいっせいにスリングで投石を始めた。

もちろん、そんなものがアースドラゴンに通用するはずもない。

だが、多少苛立《いらだ》たせる程度の効果はあったのだろう。

「グオオオオッ！」

巨大な咆哮を響かせながら、アースドラゴンは移動する方向をわずかに変えた。

邪魔なドワーフを踏み潰すべく、速足で驀進《ばくしん》する。

しかし次の瞬間――。

「逃げろおおおぉ！！！！」

隊長の合図で、一斉に散開する戦士たち。

それにやや遅れて、轟音が響く。

——ドゥオオオンッ！！！

大地が抜けた。

ぽっかりと空いた黒い穴に、アースドラゴンの巨体がなすすべもなく落ちていく。

「グオオオオォオオオッ!!」

咆哮を上げ、必死に足をばたつかせて抵抗するアースドラゴン。

しかし、ドワーフたちが準備した落とし穴は非常に深かった。

おまけに、アースドラゴン自身の重量が仇《あだ》となってなかなか這い上がることが出来ない。

もちろん、もともとアースドラゴンは穴を掘るのが得意な種族である。

時間をかければ穴を掘って脱出することもできただろうが、そうは問屋が卸さない。

「急げ、今のうちだ！」

「早く運び込め！」

戦士たちが通ってきた王国と地上の出入り口。

そこから次々と樽《たる》を担いだドワーフたちが姿を現した。

彼らはアースドラゴンの落ちた穴へと近づくと、手にしていた樽を放り投げる。

——バシャッ!!

アースドラゴンの身体に当たった樽が弾け、中に入っていた黒い液体が飛び散った。

その後も次々と樽が投入され、アースドラゴンの巨体がたちまち黒く濡れる。

そして——。

「終わりだ！」

最後に松明《たいまつ》が投げ入れられた。

たちまち、アースドラゴンの身体に纏わりついていた黒い液体が激しく燃え上がる。

「どうだ、燃える水の威力は！」

「まるで炉だな！　とんでもねえ！」

黒煙を上げながら、猛烈な火勢を見せる黒い液体。

これはこのほど、鉱山の深部で発見された燃える水であった。

刺激臭を発し、燃える際に黒煙を発するためドワーフたちも使用法に困っていた物である。

だがその反面、威力は絶大。

一度火が付けばたちまち周囲を焼き尽くしてしまう。

それが大量に放り込まれた穴の中は、既に炉のように燃え盛っていた。

「グオオオオオォッ!!」

全身を炎に包まれ、もがくアースドラゴン。

蒸し焼きにされてなるものかともがくが、動けば動くほど穴が崩れてしまって簡単にはよじ登れない。

そうしている間にも、ドワーフたちは次々と追加で樽を放り込んでいく。

「いける、こいつぁいけるぞ！」

「かっかっか！　ドラゴンの蒸し焼きが出来そうだなぁ！」

なすすべもなく炎上するアースドラゴン。

その姿を見て、ドワーフの戦士たちは半ば勝利を確信した。

だが次の瞬間、穴の底から巨大な火柱が噴き上がる。

「なっ!?」

「逃げろっ!!」

それはさながら、火山の噴火か。

驚くドワーフたちの前で、アースドラゴンが上半身を持ち上げる。

「嘘だろ、あの巨体で立てるのか!?」

後ろ足だけで立ち上がったアースドラゴン。

全身を炎に包まれたその姿は、ドラゴンというよりももはや悪魔のよう。

その異常な存在感に、ドワーフたちはたまらず息を呑む。

「クソ、全身が燃えていて近づけんぞ！」

「投石機だ！　投石機を持ってこい！」

「そんなもん当たるか？」

「あれだけデカけりゃ当たるだろうよ！」

いよいよ追い詰められ、攻城兵器の類まで持ち出そうとするドワーフたち。

すぐさま準備が始められるが、それが整う前にアースドラゴンが動く。

「なんだ⁉」

巨大な口を開き、アースドラゴンはいきなり地面を喰った。

いったい何をする気なのか。

アースドラゴンの思いもよらぬ行動に、ドワーフたちはたまらず困惑した。

すると次の瞬間。

「グオオオオオオッ！！！」

「うごぉっ⁉」

「なんだこれは……！」

大きく息を吸い込んだアースドラゴンは、いきなり猛烈な鼻息を噴き出した。

——ゴウウウウウゥッ‼

たちまち圧縮された空気が、土や岩と一緒になってドワーフに襲い掛かる。

その威力は凄まじく、たちまち数名のドワーフが吹き飛ばされた。

どうにか堪えた他のドワーフたちも、土にまみれてボロボロだ。

戦い始めた際は新品同然に磨き上げられていた鎧も、一撃で傷や凹みだらけになっている。

「くっそ、妙な攻撃しやがって！」

「今まで温存してたのか……？」

新たに加わったアースドラゴンの強力な攻撃。

被害を出したドワーフたちは渋い顔をしつつもすぐに体勢を建て直す。

「とにかく二発目を撃たせるな！　奴の口を狙え！」

「魔槍だ、魔槍を持ってこい！　使い捨てにして構わんぞ！」

隊長の指示が飛び、今度は槍が運び込まれた。

——魔槍。

魔剣と同様に、魔法文字によって威力が強化された希少な武具だ。

ドワーフたちは次々とそれを構えると、槍投げの要領で放つ。

売れば一本で百万ゴールドはくだらない業物。

それがまさしく雨あられのように放たれた。

アースドラゴンの口めがけて放たれたそれは、狙いすましたようにそこへと吸い込まれていく。

「グオオオォォッ!!」

地面を喰らおうと、大口を開けていることが災いした。

アースドラゴンの舌に魔槍が突き刺さり、天が裂けるほどの大音響が轟く。

身体を貫くようなそれに、ドワーフたちはたまらず耳を押さえた。

中には気絶し、そのまま倒れてしまうものまでいる。

こうしてドワーフたちの動きが鈍ったところを、アースドラゴンは見逃さなかった。

ゆっくりとドワーフたちに尻尾を向けると、そのまま一気に薙ぎ払う。

「かわせっ!!」

隊長のとっさの指示で、姿勢を低くするドワーフたち。

数名のドワーフが巻き込まれたものの、どうにか尻尾の一撃を回避した。

だが――。

「うがっ!!」

「しまっ!!」

ゆっくりと間を置いて、二発目の攻撃。

――一度攻撃を回避すると少し安心する。

そんな心理を突いて来たかのような、最悪のタイミングであった。

ドワーフたちの戦線は乱れ、いよいよ彼らの顔に焦りが浮かぶ。

「こりゃ勝てんかもしれんぞ……」

「弱気になるな！　絶対勝てる！」

「とはいえ、予想よりはるかにタフだぞ」

槍をかみ砕き、まとめて吐き出したアースドラゴン。

口から赤い血を垂らしているが、その姿にはまだまだ余裕がある。

むしろ、鱗が燃え上がっていたのも収まりまだまだこれからといった様子だ。

一方のドワーフたちは既に満身創痍。

無事でいる者はなく、みなどこかに怪我をしている。

「……隊長、撤退しよう！」

ここで、隊長の隣にいたドワーフが進言した。

彼は長年に渡って隊長とともに戦ってきた信頼のおける副官である。

たちまち、隊長の表情が険しくなる。

「……ならん。ここで俺たちが逃げたら、誰が国を守る！」

「だからと言って、このまま戦っても犬死にだ！　それよりも、国へ戻って皆を避難させた方がよほどいい！」

「逃げてどこに行く！」

ここで、隊長の声が一気に大きくなった。

彼は副官に詰め寄ると、その胸ぐらをつかんで言う。

「わしらにはあの場所しかないのだ！　逃げたところで、人間や他の亜人が我らを受け入れるとは思えん！　国を持たない生活の悲惨さはお前も聞いて来ただろう！」

かつて、ドワーフはエルフとの闘争に敗れて国を失った。

そして長い放浪の果てに、現在の地下王国がある場所へとたどり着いたのである。

その生活の悲惨さは、教訓として広く語り継がれている。

自信の妻や子にそんな思いをさせたくないというのは、この場にいるドワーフ全員の想いであった。

だからこそ、あれほど巨大なアースドラゴンを相手に戦ってきたのだ。

「わしらは必ず勝たねばならん。絶対にだ！」

「うおおおおおっ!!」

隊長に応じて、気勢を上げるドワーフの戦士たち。

その数は、最初と比較して半分ほどにまで減ってしまっていた。

しかしその気迫、その情熱、その想いは全く減じてはいない。

それどころか、国の危機を前に全員が奮い立ち、勢いを増しているほどであった。

「ゆくぞ！！！！」

隊長の号令の下、魔剣を高く掲げたドワーフたちが一斉に突撃した。

覚悟を決めた彼らに、もはや何の迷いもない。

——せめて、アースドラゴンの鱗の一枚でも剥ぎとってやろう。

彼らはためらうことなくアースドラゴンに向かって突き進むが、ここで——。

「ちょ〜〜〜っと待ったあああぁ！！！！」

背後から響いて来た少女の物と思しき声。

異常な音量で聞こえたそれに、ドワーフたちはたちまちおやっと振り返る。

するとそこには、二人の少女と一匹の犬の姿があった。

「そんな突撃、死ぬだけで何にもならないよ。大丈夫、そいつは私が倒す」

そう言うと、力強い笑みを浮かべるララート。

その自信たっぷりな声を聴いて、必死の形相であった戦士たちはたちまち呆気にとられたような顔をするのだった。


――○●○――


「うひゃー、すっごいことになってる！」

牢屋を襲う揺れがちっとも収まらず、どんどんひどくなる一方だったので出て来てみれば……。

地上は既に、とんでもないことになっていた。

戦闘不能になってしまったドワーフたちがそこら中に転がっていて、まさに死屍累々といった有様。

残ったドワーフたちも覚悟を決めて、全滅上等とばかりに突撃しようとしていた。

それに対する巨大なアースドラゴンも、いったい何があったのか黒焦げになっている。

私が地下にいる間に、ここではとんでもない激戦が繰り広げられていたようだ。

「なんだエルフ！　俺たちの死に際に水を差しやがって！」

「そうだ！　アースドラゴンの味方をしに来やがったか！」

私たちの方を見て、口々に文句を言うドワーフたち。

ついさっきまで命を捨てようとしていただけあって、その迫力は半端なものではない。

耐性の無いイルーシャなど、ビクッと身体を震わせる。

「そんなんじゃないよー！　ただ、冒険者としてアースドラゴンを倒せって依頼を受けてるものだからね。それに従って、アースドラゴンを倒しに来たってだけ」

「ああ？　んだそりゃ？」

「私たちにも、アースドラゴンと戦う理由はあるってこと」

「そんなこと言われても、だいたいお前たちは牢に――」

戦士長さんの言葉が終わらないうちに、私は攻撃態勢に入った。

右手を高く掲げ、巨大な炎の塊を作り出す。

魔力を急速に充填された炎は、たちまち太陽さながらに紅く輝く。

「さーて、どれぐらい強いか見せてもらおうか！」

まずは様子見の一発。

炎が風を斬り、たちまちアースドラゴンの頭に直撃する。

しかし、まったく効いた様子はない。

「へえ、やるね！　単純な火力攻めだと厳しいかな？」

見た目から予想した通りだが、アースドラゴンの防御力はたいしたもの。

様子見とはいえ、並のモンスターなら粉々に吹き飛ぶ威力だったはずだがビクともしない。

流石にエルフの里で戦った相手ほどではないが、真正面からやったのではかなり骨が折れそうだ。

うーむ、どこかに弱点はないかな？

私はフェルの上に飛び乗ると、そのまま前脚の間を抜けてアースドラゴンの腹の下へと滑り込んだ。

そして再び炎を放つ。

「はあああああっ!!」

前脚の付け根、お腹の真ん中、膝の裏。

構造的に弱いであろう部分を重点的に、次々と攻撃した。

そのいやらしい攻撃にアースドラゴンはたまらず膝を屈し、地面に腹を付けようとした。

私は即座にフェルを走らせ巨体の下から脱出すると、伏すように頭に向かってもう一度攻撃をする。

——ドオォォンッ!!

炎の塊がちょうど、アースドラゴンの鼻先に当たった。

流石のドラゴンといえども、鼻への直撃は効いたのだろう。

怯むように顔を持ち上げ、悲鳴を響かせる。

「ギャアアアッ!!」

「よし、ならもう一発……！」

有効打となったことを確認して、私はもう一度鼻を狙って攻撃を放とうとした。

だが次の瞬間——。

「待て、それは……!!」

「んん？」

ここで急に、戦士長さんが私に声をかけてきた。

待てと言ったような気がするけれど……もう間に合わない。

私の放った炎は、正確にアースドラゴンの鼻先へと向かった。

すると——。

「なっ！」

「いかん、避《よ》けろ!!」

炎の塊が当たる直前、アースドラゴンがいきなり猛烈な鼻息を吹いた。

たちまち炎は散り散りとなり、火の粉となってこちらに押し返されてくる。

――まずい！

分散して粉々になったとはいえ、魔力をたっぷり込めた業火である。

人を焼いてしまうぐらいの威力はある。

私はすぐさま風魔法でそれを押し返そうとするが、なかなかどうして凄まじい風圧だ。

こりゃ、鼻息というよりももはやブレスだね！

「手助けします！」

「わんわん！」

すかさず、イルーシャとフェルが助けに入ってくれた。

三人がかりで風を起こし、どうにかドワーフたちを炎から守る。

ふぅ、危なかった……！

流石にこの攻撃はちょっと予想外だ。

「あのドラゴンは先ほどもああして、強烈なブレス攻撃を仕掛けてきたのだ！　注意しろ！」

「こうなると、迂闊に攻撃を仕掛けられないね」

一応、私とイルーシャが力技で押し込むこともできるだろうが……。

それでも、けっこう分の悪い賭けになってしまいそうだ。

かといって、ブレス攻撃を受けにくい顔以外の場所は非常に外皮が分厚い。

あの岩のような硬くて頑丈な鱗を破るには――。

「そうだ！　イルーシャ、来て！」

「は、はい！」

「おい、どうする気だ？　何か策でもあるのか？」

「まあね！　現代知識が戻ったからこそできるやつ？」

「はぁ？」

呆れたような顔をする戦士長さん。

それをよそに、私とイルーシャはフェルに乗って駆けだした。

「わんわんわん!!」

ここが勝負どころだと認識したのだろう。

精霊獣であるフェルはその本領を発揮し、凄まじい速力でアースドラゴンの背後へと回り込んだ。

アースドラゴンはとっさに身体を捻って対応しようとするが、もう遅い。

フェルは一気に飛び上がると、そのままアースドラゴンの背中へと着地する。

「よし、到着！」

「ララート様も無茶しますね！」

「でも、いったんここまで来ちゃえばそうそう攻撃できないよ」

私たちを振り落とそうとするアースドラゴン。

だがその身体の構造上、背中にいる私たちを直接攻撃することは難しい。

背中には手も届かないし、ブレスだって当てられないからね。

ある種の死角となっているのだ。

その代わりに、背中を守る外皮はとても分厚そうなのだけれど……。

それを打ち破るための策がある。

「さあいくよ！　イルーシャは氷の魔力を高めて！」

「はい！」

その間に、私とイルーシャはそれぞれ魔力を高める。

フェルの身体を挟むように、性質の相反する二つの魔力が渦巻く。

「はあああああっ!!」

まず先に仕掛けたのは私であった。

巨大な炎を顕現させ、それをさながらガスバーナーのように鱗に当てていく。

鱗を破壊するのではなく、とにかく熱することが目的の攻撃だ。

もともと灰色をした岩の様であった鱗が、だんだんと赤くなっていく。

……そろそろ十分だね！

十分に鱗が熱せられたところで、私は魔力を高めて待機していたイルーシャの方を見る。

「いいよ、撃って！」
「はいっ!!」
待ってましたとばかりに、イルーシャが氷の魔力を放った。
冷気の嵐が吹き荒れ、熱せられていたはずの鱗がたちまち凍り付いた。
イルーシャのやつ、いつの間にか腕を上げたなぁ。
以前とは比べ物にならない魔力量に、私は内心で少し驚いた。
私が見ていない間に、こっそり修行でもしていたのだろうか？
——最近のララート様は頼りにならないので、頑張りました！
本人に直接聞いたらこんなことを言われそうなのが、ちょっと悲しいところだけど。
「おっ？　これは……やったかな？」
——ミシッ！
一瞬で凍り付き、霜の張ったアースドラゴンの鱗。
やがてそれが大きく軋《きし》むような音を立てた。
よし、きたきた！
——熱した鱗を一気に覚まし、熱膨張と熱収縮で鱗を叩き割る。
現代知識を取り戻した私だからこそ思いついた作戦だ。
後はもう一度、炎を叩き込めば……！

「あれ？　割れない？」

「え？」

「これで割れると思ったんだけど……！」

大きく軋んだものの、アースドラゴンの鱗は割れなかった。

もう一度、同じことをするしかないか？

私がそう思った瞬間、巨大な背中がいきなりグラッと大きく揺れる。

「まずい！　フェルッ!!」

「わんっ！」

再びフェルに飛び乗り、私たちは慌ててアースドラゴンの背中を離れた。

直後、アースドラゴンは横に転がって背中を地面にこすりつける。

危ない、危うく押しつぶされるところだった……！

私とイルーシャはたまらず冷や汗をかく。

「ララート様、どうしましょう？」

「あれで行けると思ったんだけど、当てが外れちゃった」

硬い物質であればあるほど、温度変化には弱いと聞いたことがある。

なので、ほぼ確実にあの方法で叩き割れると思ったんだけど……。

流石はドラゴンの鱗、物理法則を超越しているらしい。

あーもう、こんなところでファンタジーに邪魔をされるとは！

いや、エルフの私が言うことじゃないんだけどさ！

「おい、大丈夫か？」

急いで地下への入り口があるあたりに避難すると、戦士長さんが慌てて声をかけてきた。

私はフェルの背中から下りると、ひとまず首を縦に振る。

「なんとか。温度変化で鱗を割ろうとしたんだけど、割れなくて」

「なるほど。よく考えたと言いたいところだが、ドラゴンの鱗は火にも水にも強いからな。そう簡単には割れんさ」

「げ、戦士長さん知ってたんだ」

「あたぼうよ、ドワーフを舐めるな」

流石はドワーフ、どうやらドラゴンの鱗も扱ったことがあるらしい。

鍛冶専門みたいな種族なんだから、言われていればそれぐらいの知識はあって当然か。

「ううーん、しかしこれが通用しないとなると……」

「いよいよ、黄金石を放棄するしかないかもしれねえな」

「それはダメだよ。それに、あいつが黄金石の魔力を吸い取ったら……とんでもないことになる」

昨日、調査をしたアースドラゴンの痕跡。

あれを見る限り、アースドラゴンは魔力を喰らってどんどん強くなる性質を持っている。

恐らくは、最近も黄金石の魔力の一部を吸収して強くなったばかりだろう。

もしもこのアースドラゴンが、魔力のたっぷり集められた黄金石を丸ごと吸収したら……。

最悪、私が自爆をしても止められないぐらいの化け物になるかもしれない。

そうなったら、ドワーフたちの地下王国どころか人間たちの国もいくつか吹っ飛ぶだろう。

「……ララート様、また自爆するのだけはやめてくださいよ」

「わかってるって。あんなの私だってごめんだからね」

ここで自爆して、イルーシャやフェルを悲しませるわけにはいかない。

それにまだまだ、この世界を満喫してないからね。

私にはやりたいことがたくさんあるのだ。

とはいえ、この難敵をどう始末したものか……。

考えを巡らせていると、ここで後ろにいたドワーフの戦士たちがどよめく。

「へ、陛下!? なぜこんなところに！」

「ここは危険です！ すぐに城にお戻りください！」

振り返ると、そこには先ほど見たドワーフの王さまが立っていた。

王笏《おうしゃく》を大地に突き、王者に相応しい威風堂々とした佇まいである。

彼はアースドラゴンの巨体を見据えたのち、私の方を見て言う。

「……エルフよ。こうなってしまっては、あのドラゴンを倒せるのはおぬししかいないであろう」

「期待してくれるのはありがたいけど、私もあれには苦戦中だよ」

「そなたに、あやつの鱗を穿つ技を教えてやる」

「技？」

「そうだ。魔力を用いて物質を変形させる技だ」

それを聞いた途端、周囲にいたドワーフたちの顔色が変わった。

彼らは焦った顔で、次々と王さまに反対意見を述べる。

「いけません！　こんな脱獄エルフに、我が国の秘術を教えるわけには！」

「そうです！　エルフなんぞに！」

「この期に及んで、そのようなことを言っていてどうする！」

王の一喝。

たちまち、ドワーフたちのざわめきが収まった。

王さまはそのまま私に近づいてくると、アースドラゴンの鱗を見ながら言う。

「自らの魔力を鱗に流し込み、それで完全に満たし切るのだ。そしてその上で、この術式を使うがよい」

そう言って王さまが渡してきた紙には、古い土魔法と思しき魔法陣が描かれていた。

金属を生成したりする魔法の応用のようで、ベースとなっているのは魔力操作の技術だな。

物体に魔力をしっかりと馴染ませたうえで魔力を操作することで、ついでに物体そのものも動かしてしまうということらしい。

なるほど、確かにこれを使えば膨大な魔力を消耗するが硬い物質だって変形させられる。

「ありがとう。でもこれって……」

「恐らくは、黄金石を作った存在がドワーフのために編み出した技であろう。だが察しの通り、魔力に恵まれない我らには使いこなせるものではない」

そう言うと、王さまは大きくて深いため息をついた。

私が先ほど彼に告げた、黄金石の製作者はエルフではないかという説。

どうやらその予想は正しかったようだ。

「戦いが終わった後、話したいことがある。時間を取ってくれるな？」

「もちろん。ドラゴン肉を食べてからにしたいけど」

「……そうだな、勝つことが出来れば国を挙げて祝宴を催すことを約束しよう」

やれやれとばかりに苦笑しつつも、王さまはしっかりと約束してくれた。

よし、そうこなくっちゃ！

私は笑みを浮かべると、グッとこぶしを握り締めて告げる。

「よし、なら任せといて。鱗さえ破れれば、あれぐらいすぐだから」

「そう言ってカッコつけた割に、さっきは苦戦しましたけどね」

「もー！　イルーシャはどうしてそういうこと言うかな？」

「ララート様がすぐに調子に乗るからです！」

くだらない言い争いをしつつも、私は再びフェルに乗った。

そしてアースドラゴンに向かって突っ込み、ブレスの射程に入ったところで――。

「とうっ！！！」

身体強化を最大限に掛けて、思いっきり空へと飛びあがる。

こうして遥か上空に到達したところで、私は足裏に氷の魔力を纏った。

そしてそのまま一気に急降下し、アースドラゴンの頭の上へと着地する。

――ジャリッ!!

たちまち出現する氷。

それによって私の身体は、アースドラゴンの頭の上にさながら根が生えたように固定された。

こうすることによって、頭の上から振り落とされることがなくなったわけだ。

が、先ほどのようにアースドラゴンがひっくり返ったら逃げ遅れるのは必定。

勝負は一瞬、早急につけなければならない。

そうなれば狙うは一か所、脳天のみ！

「開けぇえええええ！！！」

鱗に手を添えて、一気に魔力を流し込む。
灰色をしていた鱗が私の魔力に染まり、ほんのりと光を放ち出す。
私のしようとしていることを察したのか、はたまた本能の為せる業か。
侵入してくる魔力を押し返そうと、アースドラゴンの魔力が押し寄せてきた。
でもこの程度、どうってことない！
こちとら魔法特化のエルフ、それも数百年生きてる竜級の大魔導師！
魔力比べじゃ負けないよ！
「はあああああっ！」
ゆっくりゆっくりと、鱗が変形を始めた。
流石に元の強度が半端なものではないだけに、なかなか時間がかかる。
とはいえ、要領を掴んでしまえばこっちのものだ。
「……開いた！」
鱗が変形し、人が通れるほどの穴が開いた。
露わとなった肉に、私は自爆以外で最大の攻撃を叩き込む。
「白き炎よ……貫けっ！！！！」
紅から蒼、そして白へ。
みるみるうちに温度を上げた炎を収束させ、一筋の光へと変える。

それはもはや、炎というよりもビーム攻撃か何かのようだ。

白い光はたちまちドラゴンの肉を貫き、その脳へと達する。

「グギャアアアアアアアアッ！！！！」

脳を貫かれ、断末魔の雄叫びを上げるアースドラゴン。

天を割るような大音響に、私はたまらず耳を押さえた。

頭が……割れる……!!

加えて、アースドラゴンが痛みに任せて激しくヘッドバンギングし始めた。

強烈な加速度が全身を襲い、音でくらくらしていた頭が更に朦朧とする。

——バキッ!!

ここで、嫌な音が耳に届いた。

それと同時に、全身がふわりと空中に投げ出される。

「まず……っ！」

想定を超えた負荷で、身体を支えていた氷が砕けたようだった。

「ララート様!?」

「わん、わん!!」

こちらを見ながら、悲鳴を上げるイルーシャたち。

私はとっさに最大限の身体強化を掛けると、首を持っていかれないように身体を丸めた。

そしてそのまま地面にダイブ。

ゴロゴロと斜面を転がり、どうにか勢いを殺していく。

「……助かった」

地面が平らではなく、斜めだったことが幸いした。

上手く衝撃を和らげた私は、身体中についた土埃を払いながら立ち上がる。

切り傷がいくつかできてしまっているけれど、このぐらいならばすぐ治るだろう。

「ララート様～～!!　大丈夫ですか～～!!」

「わぅ、わぅ!!」

「平気だよ～～！」

心配して駆け寄ってきたララートたちに、手を振って健在をアピールする。

そうしたところで、ドスンッと大きな地響きがした。

振り向けば、いよいよ力尽きたアースドラゴンの頭が地面に崩れ落ちていた。

その眼からは光が失われ、全身から少しずつ魔力が発散されているのがわかる。

無秩序に取り込まれた器に合わない魔力が、抜けていっているのだ。

「うわぁ……綺麗！」

「天に還ってるみたいですね」

無数の光の粒子が空に向かって、昇っていく。

時刻はちょうど夕刻、日が沈み始めた頃。

群青色の空に輝く金色の光は、とてもまばゆく神秘的に見えた。

「ひとまず、私たちの勝利ってことね！」

腕組みをしながら、私はそう満足して呟くのだった。

第九章…大宴会

「うわああああ……！　すっごいご馳走!!」

アースドラゴンを撃破した翌日。

お城に呼ばれた私たちを待っていたのは、綺麗に飾り付けられた会場と素晴らしいご馳走の数々だった。

謁見の間に白いクロスの敷かれた長テーブルが置かれ、そこに大皿料理の数々が並べられていたのだ。

食堂では手狭だったため、城で一番広いこの場所を宴会場としたようである。

その場には百人近いドワーフの戦士たちが集まり、それぞれピカピカの鎧で着飾っていた。

特に戦士長さんなど、着慣れないマントを着てどこか落ち着かない様子だ。

「……一時はお二人とも投獄までされたのに、いやはや」

「ふふ、いまや国の英雄だねえ」

「ええ。お二人の案内役として、私もほっとしてますよ」

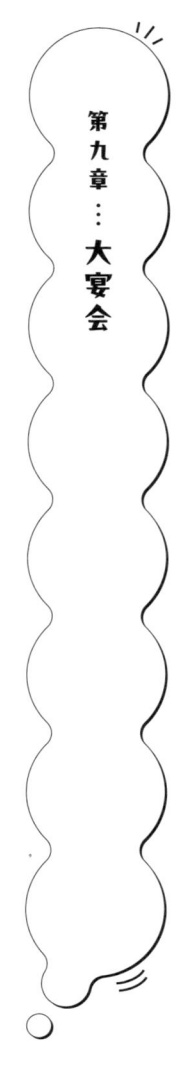

燕尾服のような服装をして、私たちをここまで案内してくれたモードンさん。

彼は心底安堵したように、胸を手で押さえた。

モードンさんにはほんと、いろいろ心配かけちゃったからねえ……。

私たちが城に殴り込みを仕掛けた時なんて、生きた心地がしなかったに違いない。

この宴で、少しでもその心の疲れを癒してくれるといいな。

「……揃ったな。では皆の者、偉大なる祖先に感謝して……乾杯！」

「乾杯！」

ドワーフ王の号令の下、皆でエールの入ったジョッキを高々と掲げた。

これがドワーフ流の乾杯であるようだ。

そしてそのまま、みんな一気にジョッキの中身を飲み干していく。

流石は酒豪の国、とりあえずイッキから始めるらしい。

「ぷはああっ！　さあ皆の者、今晩は無礼講だ！　存分に飲み、騒ぐがよい！」

「うおおおおおっ!!」

エールを飲み干したところで、王さまが先ほどとは一転して軽い感じで宣言した。

それに合わせて、ドワーフたちが一気に料理を取り分け始める。

私たちもそれに負けじと、お皿を手に次々と料理を盛りつけた。

そうしていると――。

「注もぉ――く!!　ドラゴンステーキだぁ!!」

ここで、景気のいい声とともにコック帽を被ったドワーフたちが姿を現した。

その後ろから、大皿に載せられた見たこともないような大きさのステーキが運ばれてくる。

アースドラゴンのちょうど尻尾の部分だろうか？

巨大な円形で、さらにものすごく分厚い。

厚さ二十センチぐらいはあるかもしれないな、これ。

その中心にはバターの塊が載っていて、じゅわーっと実にいい感じに溶けている。

焦げ目も美しく、肉の焼けた香ばしい匂いが食欲をそそる。

「すっごおおおおっ……！！！！」

まさに理想のステーキ！

たちまち、私は大きく目を見開いて大皿に駆け寄った。

この間のドラゴン肉は、焼けていたとは言ってもきちんと調理されたとは言い難い状態。

それに対して、完璧に調理されたこのお肉のなんと美味しそうなことか！

味を想像するだけで、よだれが、よだれが……！

「ララート様、お口が！」

「あ、ごめんごめん！」

「ステーキによだれが付いちゃいますよ」

すかさずハンカチを取り出し、私の口元を拭いてくれるイルーシャ。

いけない、ドワーフさんたちの前だというのについつい食欲が溢れてしまった。

私が流石に恥ずかしくて苦笑すると、ドワーフたちは気にするなとばかりに笑いかけてくる。

そしてすぐさま、コック帽を被ったドワーフがステーキを切り分けてくれる。

私の食欲に配慮してくれたのか、その塊はびっくりするほど大きかった。

「さあ、どうぞ！」

「いただきます！」

フォークを手にすると、私はそれをステーキに突き刺した。

……すっごい柔らかい！

フォークが、さながら豆腐かプリンのように抵抗もなくお肉に刺さった。

それに少し驚きつつも、私は口を思いっきり開けてお肉にかぶりつく。

そして――。

「…………………!!」

それはもはや、美味しさの暴力だった。

押し寄せる洪水のように芳潤な旨みに、私は声を出すことすらできない。

……これが、きちんと料理されたドラゴンステーキ！

ミディアムレアに焼き上げられた肉は柔らかく、さながら飲み物のよう。

肉本来の豊かな味わいが、たちまち口いっぱいに広がっていく。

しかし、それでいてくど過ぎない。

霜降り和牛のような上質な脂のコクを感じるが、びっくりするほど軽やかだ。

いいお肉は脂の融点が低くて食べやすいとか前世で聞いたことがあるけど、ドラゴン肉もそうなのかもしれない。

そして、この上質なお肉を彩るソースも秀逸だ。

いいお肉は塩だけで十分というが、こちらもなかなかいい味を出している。

酒とキノコを組み合わせたものだろうか？

風味が豊かで、肉の味を優しく包み込んで調和している。

「生きててよかった……！」

やがて口からこぼれたのは、生への感謝だった。

この世界に生まれ落ちて、はや数百年。

このために生きて来たのではないかと思えるほどの味だった。

感動のあまり、ぽろぽろと涙がこぼれる。

「ララート様……？」

「美味しい……美味しいよぅ……！」

「そ、そんなにですか？」

「イルーシャも食べればわかる……！」

私はそう言うと、イルーシャに向かってグッとサムズアップをした。

……我ながら、これ以上ない笑顔をしていたと思う。

その表情に妙な迫力を感じたのか、イルーシャは一瞬たじろぐような仕草を見せたものの、ゆっくりとステーキを口に入れる。

「はうぁ……!!」

瞬間、イルーシャは天を仰いだ。

そして眼を閉じて、飴でも転がしているようにゆっくりと口の中のお肉を味わう。

その頬は赤く染まり、眼はとろんと蕩けてしまっている。

……この子、食べたものが美味しければ美味しいほどエッチくなるのか？

何というか、未成年にはあんまり見せられない感じだぞ！

「……美味しい。なんか、感覚が飛びますね……！」

しばらくして、ふわふわーっとした感じでそう告げるイルーシャ。

さっぱりとしたその顔は、どこか仏様のようなありがたい感じになっていた。

彼女の他に、ドラゴンステーキを食べたドワーフたちもみんな素晴らしく幸せそうな顔をしている。

笑顔溢れるその様子ときたら、さながら天国か何かのようだ。

学者として普段は落ち着いた雰囲気のモードンさんも、ちょっと下品なくらいの笑みを浮かべている。

「さてと、次は何を食べようかな？」

こうしてドラゴンステーキをすっかり満喫した私は、次なる料理へと手を伸ばそうとした。

ステーキにした部位以外にもドラゴン肉はまだまだ余っていたようで、今度は大きなお鍋と煮込み料理が出てくる。

うはー、ほんとドラゴン祭りだね！

あれだけ大きなドラゴンなのだから当然とはいえ、どれだけ食べてもなくならないのが素晴らしい。

「次はドラゴンのすね肉の煮込みです」

「いただきます！　うーん!!」

よく煮込まれたお肉をスープと一緒に口へ運ぶ。

料理の方向性としては、ビーフシチューのような感じであろうか？

野菜やだしの旨みが感じられるスープと濃密な肉の旨みが最高だ。

ホロホロと崩れるお肉には少しゼラチン質の部分があり、先ほどのステーキとは全く味わいが違っている。

ああ、幸せだ。

こんな幸せを一度に味わってしまって、いいのだろうか？

そんなことを思っていると、イルーシャがすっとお皿を差し出してくる。

そこには、たっぷりと山盛りになったサラダがあった。

「お肉をたくさん食べたら、次はこれですよ」

「むむむ、イルーシャがお野菜魔人に戻ってる！」

「お野菜魔人とは何ですか！　私はララート様の健康を考えて、行動しているだけですよ！」

「大丈夫だって。いくらエルフだって、毎日野菜を食べなくても死なないって」

「そう言って甘やかすと、ララート様はほんとにお野菜食べませんからね」

「そ、そうかなぁ？」

ジトーッとこちらを見つめるイルーシャ。

私は笑って誤魔化すと、サラダの入ったお皿を手にすかさず距離を取った。

ふ、三十六計逃げるに如《し》かずだよ！

ドワーフたちの列に紛れると、そのままタタタッと広い謁見の間を走る。

すると――。

「おっとと!?」

危うく、近くの人に身体をぶつけそうになってしまった。

すぐさま謝ろうとして顔を上げると、そこに居たのはなんと王さまであった。

いつの間にやら、玉座を離れて降りてきていたらしい。

「ごめんなさい……って、王さま？　何でこんなところに？」

「話があると言ったではないか。忘れていたのか？」

ああ、そう言えば戦いが終わった後に話があるとか言ってたなぁ。

てっきり、宴が終わった後かと思いきやそうではなかったらしい。

「忘れてないけど、今から？　まだ食べてる途中なんだけど」

「そうだ。あまり、人に聞かれたくはない話なのでな。宴に皆が集まっているときの方が都合がよい」

「なるほど。ちょっと待ってて！」

私はそう言うと、急いで大皿に駆け寄ってステーキを切り分けた。

そしてそれをパクンと口に放り込み、呑み込む。

うーん、ステーキはやっぱ飲み物だね！

ちょっともったいないけど、大きな塊を一息で飲み干した私は改めてそれを実感する。

「……そなた本当にエルフか？　ドワーフでもそこまで食い意地の張っている者はおらぬが」

「そんなの人の勝手でしょ。私は単に、お肉が好きなだけだから」

「肉好きのエルフという時点で珍しいと思うのだが……」

ぶつぶつ言いつつも、王さまはこっちへ来いと私に手招きをした。

そのまま彼に続いて謁見の間を出ると、廊下を抜けて小さなテラスのような場所へとたどり着く。

そこはちょうど、ドワーフの地下王国を照らす黄金石の至近にあった。

夕刻が迫り、黄金石の光は少し衰えていたがそれでも目がくらむような明るさだ。

「これを使え」

「ありがと」

すかさず、王さまが差しだしてきたサングラスのようなものを着用した。

王さまも同じようなものを着用していて、何だかワイルドな雰囲気である。

意外と、髭のある人ってサングラスが似合うんだよね。

「……話というのは他でもない、黄金石についてだ」

「想像はついていたよ」

「先日、そなたは黄金石の製作者がエルフではないかと言っていたな。その予想についてだが……」

王さまは一拍の間を置いた。

何とも言えない緊張感が、私と王さまの間を埋める。

しかしまぁ、私はおおよそ王さまが何を言いたいのかわかっていた。

「合ってたんだね？」

「ああ。国民の手前、肯定することが出来なかったのだ。否定してしまってすまぬな」

「別にそのぐらい気にしてないよ。王さまにも立場があるんだろうし」

私がそう言うと、王さまはほっとしたように胸を撫でた。

この人、厳しく見えるけど基本的にはいい人なのだろう。

私に嘘をついたことに、ちょっと罪悪感を覚えていたようだ。

「黄金石の作製は大戦の後にドワーフ側についたエルフの魔導師が行った。だがその事実を、歴代の王家が長い時間をかけて闇に葬り去ったのだ。これがなぜだかわかるか？」

「……さあ」

「この地下王国の暮らしは、我らにとっても楽なものではなかった。そこで王家は民を団結させるために、何かしらの敵を必要としたのだ」

「……それがエルフだったと」

「そうだ。もともと大戦を終えた後でエルフに対しての反感はあったが、王家はそれを煽ったのだ。そして気が付けば、ドワーフのエルフ嫌いは加速し、黄金石がエルフの手によるものであるという事実も忘れられた」

共通の敵を作って、国民を結束させたってわけか。

割と昔の地球とかにもありそうな話だなぁ……。

しかし、いくら昔に戦ったとはいえ一方的に敵にされたというのはちょっとムカつくな。

「なかなか勝手な話だねえ」

「ああ、それは承知している。だからこそ、改めて謝罪させてほしい。本当に、申し訳なかった」

姿勢を正し、私に対して深々と頭を下げる王さま。

小さいとはいえ、一国の王の頭は軽くない。

私もまた姿勢を正すと、その謝罪を真剣に受け止める。

「頭を上げて。私としては、そんなに気にしていないから」

「受け入れてくれるのか」

「もちろん。でも勘違いしないで、私たちはエルフのはみ出し者、エルフの代表として謝罪を受け入れるわけじゃないよ。そのことは頭に置いておいてね」

「わかった。今回の謝罪は、あくまでそなたたちへの謝罪ということにしておこう」

「うん、そう考えてもらえると助かるよ。それから、黄金石もエルフが作った物だっていずれちゃんと公表してね」

「すぐにとは言えない。だが、いずれ必ず公表すると約束しよう」

「うんうん、三十年以内ぐらいにしてくれればいいよ」

私がそう言うと、王さまはたまらず吹き出してしまった。

彼はいやいやと首を横に振る。

「いくら何でも三十年は長すぎだろう！」

「あ、そっか。いやぁ、感覚がエルフだったね」

「……少なくとも数年以内には公表しよう。それから、一つ頼みたいことがあるのだが良いか？」

「なに？　面倒なことなら嫌だけど」

何となく嫌な予感がしたので、私は厄介ごとに巻き込まれるのはごめんだとばかりに顔をしかめた。

すると王さまは、こちらを安心させるように朗らかな笑みを浮かべて言う。

「大したことではない。黄金石に魔力の補充をお願いできないかと思ってな。もちろん、報酬は十分に用意させてもらおう」

「ああ、そういうこと」

「エルフ殿の魔力であれば、一日もあればあれをいっぱいに出来るのではないか？」

期待に満ちた目でこちらを見てくる王さま。

確かに彼の言うとおり、私の魔力をもってすれば黄金石を満たすことは容易だ。

一日と言わず、小一時間で完了するだろう。

「うーん、可能だけど定期的に補給が必要になるね。いったん魔力が抜けた魔道具はそういうものだから」

「定期的にというと、どのぐらいだ？」

「一年に一回ぐらいかなぁ。でも、年に一回も私はここへ来られないよ」

この国は結構不便なところにあるからねえ。

いずれはもっと遠くに旅立つつもりだし、年に一回とはいえ戻ってくるのは大変だ。

交通機関の整備された日本とは違って、この世界だと遠出には時間がかかるからね。

帰省のような感覚とはいかない。

「そうなると、誰か他の者に頼むしかないな。だが……」

「ドワーフの魔力じゃ無理だね」

残念ながら、ドワーフの魔力は私の百分の一もないぐらいだ。

どこぞの必殺技よろしく、国中のドワーフの魔力を集めたとしても全く足りないだろう。

現実には、そんな少量の魔力を効率よく集める方法自体が存在しないし。

「領主さまに頼んで、人間の魔法使いを定期的に派遣してもらうしかないね」

「うーむ、人間か……。やつらに頼るのは業腹だが……」

「それにこの国、完全な自給自足ではないんでしょ？　人間に武器を輸出して、いろいろな物を買って成り立ってるんだよね？」

「残念ながらその通りだ。短期間ならば可能だが、長期的には鎖国はできん」

「なら、逆にいい機会じゃない？　これを機に人間との関係を深めたら？」

既に、地下王国の近くに住むバターリャの街の人とドワーフとでは、たびたびもめ事を起こすほど仲が悪いのだ。

戦争とはならなくとも、このまま放っておけばいずれ深刻な対立を起こすのは目に見えている。

この機会に、関係改善の策は必要だろう。

今回のアースドラゴンの一件で、人間への悪感情が強まるのは必須だしね。

「そうだな。これ以上、人間と対立を続けても益はないか」

「そうそう。せっかくだし、年に一回のお祭りみたいにしたら？　人間たちを招いて盛大に宴をすれば、きっと仲良くなれるよ」

先ほどの祝宴でも実感したが、基本的にドワーフたちは陽気な酒飲みである。

年に一回大きなお祭りをして、一緒に騒げば人間との関係も多少は良くなるだろう。

この世界ではまだアルハラって言葉はないだろうしね！

「……エルフ殿、我らのことを少し単純化していないか？」

「そ、そんなことないよ？」

「まあ良い。しかし、案外いいアイデアかもしれんな。検証してみよう」

「うんうん。じゃあ、最初の一回だけはサービスしようかな！」

そう言うと、私は軽く腕まくりをして黄金石に向かって掌を突き出した。

そこから魔力が光となって発散され、黄金石へと飛ぶ。

たちまち、中に蓄積されていた魔瘴が抵抗するように渦を巻いた。

最初はひどく不気味に感じたそれだが、正体がわかってしまえば対処は難しくない。

魔瘴を私の魔力で押し込み、少しずつ外へと追い出していく。

やがて黄金石の中から、黒い靄《もや》のようなものが染み出してきた。

「おぉ、あれが魔瘴か……！」

「うん。大丈夫、気味悪いけど放っておけばすぐに散り散りになるから」

私がそう言うと、黒い靄はそのまま大気中に溶けていった。

集まると大変なことになるが、散らしてしまえば大したことないのだ。

その後も魔力を注ぎ続けると、次第に黄金石の輝きが増していく。

「これだ、この光だ！」

こうして魔力を注ぎ終えると、黄金石の光は先ほどとは別物になっていた。

うわー、サングラスをしててもまぶしいぐらいだ！

私は手で庇を作ると、太陽のような輝きに目を細める。

一点の曇りもないその発光は、神々しさすら感じさせる。

「すっごい！　本物の太陽みたい……！」

「あれが黄金石本来の輝きなのだ。余も久々に見る」

私と王さまはしばし、テラスで黄金石を眺めた。

まるで日向ぼっこのような感覚である。

そうしていると、石の変化を感じ取ったのだろうか。

ドワーフたちが次々と竪穴の縁へと出てきて、黄金石を仰ぐ。

そして――。

「まぶしい……！　ララート様、何かやったんですか？」

「そうだよ。今ちょうど、あの黄金石に魔力を注いで魔瘴を取り除いたんだ」

「へえ……。あの石、本当はあんなに気持ちのいい光を出すんですね」

直視しないように視線をそらせながらも、イルーシャはそう言った。

彼女の言葉に応じるように、後から来たフェルが軽く吠える。

尻尾を振るその姿は、怒っているというよりは単に興奮しているのだろう。

そして――。

「なんだか、夜明けって感じがします」

「おー、確かにそんな感じがするね！」

地底を照らす黄金石。

その輝きを取り戻した姿にこれから変わっていくであろう地下王国の将来を重ねて、私たちはしみじみと頷くのだった。

第十章…帰還

あれからおおよそ二週間。

領主さまへの報告も済ませた私たちは、森の畔《ほとり》にあるトゥールズの街へと帰ってきた。

行き帰りの道中も含めて、一か月近い旅もそろそろ終わりである。

すっかり見慣れたはずの城門や街並みが、何とも言えず懐かしい。

「んん～～！　森の匂いが気持ちいいです！」

「そだねえ、離れてみると実感するね」

彼方に見える山や森から、微かに流れてくる森独特のさわやかな香り。

それが私たちの心を落ち着かせる。

やっぱり、エルフにとって森というのは特別な存在らしい。

自然がいっぱいのこの世界ではあまり意識することはなかったけど、森林の乏しい王国南部に行ってそれを痛感した。

向こうに行っている間は、朝に弱いこの私が割と時間通りに起きてたからね。

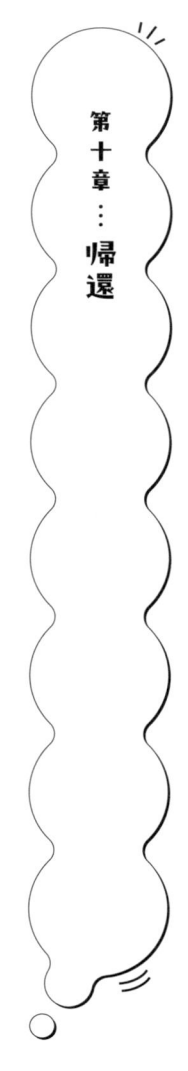

「さてと、ギルドへ行きますか」

「そだね。ふふふ、報酬は色を付けておいたって聞いたから期待が持てそう」

私たちから事態の報告を受けた領主さまは、報酬の引き上げを約束してくれた。

何でも、私たちが倒したアースドラゴンは本来のものからはかけ離れた強さだったらしい。

元のアースドラゴンのことを知らないので何とも言えないが、かつては人間の騎士団でも倒せる強さだったとか。

それを元に依頼を出したので、魔剣を使ったドワーフの戦士団が蹴散らされるほどの強さというのは想定外だったらしい。

恐らくだけど、黄金石の魔力を吸収してパワーアップしていたんだろうね。

「でもララート様、お金なんて貰ってもそんなに使わないですよね」

「いやいや、食費に使いますとも」

「いったいどれだけ食べる気なんですか……」

呆れたような顔をするイルーシャ。

曲がりなりにも、ドラゴン討伐の報酬である。

家が一軒買えるぐらいの額が出てきたっておかしくはない。

それを食費に使うというのだから、心配されるのも無理はなかった。

しかし、私はとってもグルメなのである。

美食を追求するには何かとお金がかかるのだよ、イルーシャ君。

「ただいまー！」

こうして話をしているうちに、ギルドへとたどり着いた。

私は元気よくドアを開けると、すっかり馴染みとなった受付嬢さんに挨拶をする。

「おかえりなさい！　既に依頼達成の報告は受けてますよ！」

「流石は冒険者ギルド、仕事が早いね！」

「すでに報酬のお支払いをする準備もできています。ただその前に、マスターとお会いになっていただけますか？」

「マスターと？」

マスターというのは、この支部の責任者のことだ。

スキンヘッドの大柄な男性で、やんちゃした冒険者を怒鳴りつけているのを私も見たことがある。

そんな人が、いったい私たちに何の様だろう？

私とイルーシャが怪訝な表情をすると、受付嬢さんは緊張をほぐすかのように微笑んで言う。

「今回の件はあくまで事情聴取ですので。お二人の仕事ぶりに問題があったわけではありませんよ」

「ならいいけど。それで、何を聞くの？」

「そのことはマスターから直接お聞きになってください」

受付嬢さんがそう言うと、奥からスキンヘッドの男性が現れた。

彼は私たちの姿を見つけると、すぐさま近づいてくる。

「君たちがララートとイルーシャか？」

「そうだよ」

「マスターのエイハムだ。話は既に聞いているだろう？　いくつか聞きたいことがある、執務室へ来てくれないか」

「わかった。イルーシャもいいよね？」

「ええ、もちろんです」

こうして私たちは、ギルドの奥にあるマスターの執務室へと向かった。

廊下を抜けて中に入ると、大きな執務机と応接セットが目に入る。

しっかりした企業の社長室みたいと言えば伝わるだろうか。

ラフな服装をしたスキンヘッドのマスターとは、微妙にキャラが合わない感じだな。

「へえ、ギルドにもこんな部屋あったんだ」

「主に依頼人との打ち合わせに使う場所だ。たまに大きな商会の会頭や貴族も来るからな」

「なるほど」

私はそのまま革張りのソファにストンと腰を下ろした。

うむ、なかなかいい座り心地だ。

組織が大きいだけあって、ギルドは結構儲かってそうだな。

「それで、聞きたいことっていうのは？」

「いくつかあるが、まずはアースドラゴンについてだ。魔力を吸収して強くなる性質があったと報告されているが、これは本当か？」

「間違いないよ。実際に、過去に確認されたときより、はるかに強かったみたい」

「あれは明らかに異常でしたね。ララート様の攻撃にもかなり耐えていましたし」

「そうか。我々としては、過去の強さを基準に君たちへ依頼を出したわけだが……申し訳なかった」

大きな身体を小さくして、エイハムさんは深々と頭を下げた。

私はすかさず、気にしてないよと宥める。

「仕方ないよ、ギルドの調査だっていつも完璧じゃないだろうし」

「……そういうわけにもいかない。冒険者たちの命にかかわることだからな」

「じゃあさ、ここで私が許さないって言えば何か変わるの？」

「それは……」

「だったら、それは仕方ないで済ませてこれからを考えた方が建設的だよ」

私がそう言うと、エイハムさんは再び深々と頭を下げた。

……ま、人を詰めるのは私の柄じゃないからね。

このぐらいでちょうどいいのだ、代わりに再発防止策はしっかりと考えてもらおう。

「しかし、アースドラゴンは何でそんな性質を持ってたんだろうね？　ハズレの個体だったのかな」

「それについてだが、最近、いくつか報告が上がっていてな」

「ほほう？」

「実は、アースドラゴンの他にも各地で強力なモンスターが目覚める事例が相次いでいてな。その中に、これまで見られなかった特徴をもつ個体が何体かいるようなのだ」

へえ、それはなかなか物騒なことになってるなぁ……。

エイハムさんの顔色があまり良くないあたり、事態はかなり深刻そうである。

アースドラゴン級の化け物が何体か暴れたら、人間の国の一つや二つは潰れちゃうからね。

「大丈夫……なんですか？」

「今のところは。モンスターに突出した個体がいるように、冒険者の中にも突出した武を持つ者がいるからな。彼らが何とかしてくれている状況だ」

「そりゃすごい、ちょっと会ってみたいね」

「君は既に、突出している側の中でもさらに突出している存在だからな。いずれ会うだろう」

エイハムさんはどこか呆れたような顔でそう言った。

まあ、竜級の魔導師なんて人間にはいないだろうし、そういう扱いになるのも無理ないか。

とはいえ、私としてはできるだけ面倒ごとは避けていきたいところだけどね。

戦いは嫌いじゃないが、別にバトルジャンキーってわけでもないのだ
「あと、報告書に盗人についてのことが記されていたのだが……。この真偽は確かか？」

エイハムさんは声を小さくすると、少し距離を詰めて尋ねてきた。

誰かに聞かれていないか、警戒しているような雰囲気である。

私は念のため魔力を探り、周囲に妙な仕掛けがないかどうかを確認する。

「特に異常はないね。マスター、そんなひそひそしなくても大丈夫だよ」

「ありがとう。だが、内容が内容だけにな。ミスリルの加工技術となると、大国が関わる恐れがある」

「大国？」

「ああ。バルタイト帝国という国だ」

そう言うと、マスターは渋い顔をした。

なるほど、大国の暗部が関わるとなると緊張するのも無理ないな。

「情報の確かさについては、何とも言い難いね。確固たる証拠が出たわけでもないし……。一応、状況証拠はかなり揃っているけれど」

「……これはまだ、一般には知られていない情報なのだがな。先ほど言ったモンスターの目覚め

に、一部だがバルタイト帝国が関わっているかもしれないという疑惑がある」

「本当ですか?」

「ああ。巧妙に証拠が隠蔽されていたが、ほぼ間違いない」

「そりゃとんでもないね」

「信じられません……なんだってそんなことを……!」

心底驚いた様子を見せるイルーシャ。

基本的にエルフは陰謀などには向かない種族である。

どうしてわざわざモンスターを目覚めさせるのか、皆目見当もつかないのだろう。

一方の私は、前世の経験もあってか何となく目的の見当がつく。

「モンスターを暴れさせて国力を弱める。それである程度うまく行ったら、援軍名目で軍を送り込んでそのまま乗っ取っちゃうとかかな」

「恐らくはそんなところだろう」

「まったく、困ったもんだねえ……」

「困ったなんてものではないのだがな。もっとも、帝国が手を加えなくてもモンスターたちは目覚めていたかもしれないが」

「どういうこと?」

私がそう尋ねると、マスターの顔がいっそう険しくなった。

彼は腕組みをすると、背もたれに深くもたれかかってため息をつく。

「魔竜と呼ばれる存在を知っているか？」

「魔竜？　えっと、神話に出てくるやつ？」

この世界には、神と竜に関わる神話がいくつか存在する。

中でも最も有名なのが、魔に染まってしまった竜に関する話だ。

のちに魔竜と呼ばれるこの竜は、あらゆるモンスターの王であるとされる。

確か、他の竜との戦いに敗れて遥か大地の底に封じられていると聞いたけど……。

「ま、まさかあの伝説の魔竜が復活するんですか⁉」

イルーシャがひっくり返りそうになりながら、そう言った。

その顔は蒼く、声が完全に震えてしまっている。

魔竜はこの異世界の住民にとって、まさに恐怖の象徴。

エルフの里でもそれは同じで、言うことを聞かない子どもに対して魔竜に食われるなどと言うこともあった。

「大陸各地で龍脈が活性化していてな。その一部から魔瘴が噴き出しているのだ。これは、魔竜復活の予兆かもしれないと言われているのだ。あくまで一部の学者が予想しているってだけの話ではあるがな」

「そういうこと。こりゃ大事になって来たねぇ」

「何を呑気な顔してるんですか、ララート様！　あの魔竜ですよ！」

完全に取り乱してしまっているイルーシャ。

まったく、この程度でこんなに慌てるなんて修行が足りないぞ。

もうちょっと精神的な部分も鍛えた方がよかったかねえ。

私はイルーシャの背中に手を伸ばすと、ゆっくりとさすって落ち着かせる。

「まーまー、大丈夫だって。いざとなったら私が退治するから」

「いくらララート様でも、そんなこと……」

「できないと思う？」

ここで、私はあえて凄みを利かせてイルーシャに尋ねた。

にわかに私の身体から発せられた威圧的な魔力に、近くにいたマスターまでもが怯む。

するとイルーシャは、すぐさま落ち着いた様子で言う。

「……………すいません、ララート様を疑ったわけでは」

「ならばよろしい」

私は腕組みをすると、満足して頷いた。

相手が伝説の魔竜なら、こっちは伝説の大魔導師だ。

簡単に負けてやるつもりはない。

それに魔竜か、恐ろしい敵ではあるけどちょっとワクワクしないでもないな。

なにせ、神話にその名に残るほどのドラゴンなのだ。

私の提唱した「強い魔物ほど美味しい理論」が正しいならば……。

「……うへへ」

「何ですか、そのちょっとお下品な笑い方は」

「いや、魔竜を食べたら美味しそうだなって思って……」

「美味しそうって、あの伝説の魔竜をですか!?」

ソファから立ち上がり、凄い勢いで声を上げたイルーシャ。

そのあまりの音量に、私の耳がキィンとした。

たまらず私は耳を押さえ、梅干を食べたみたいなしょっぱい顔をする。

「そんなに驚かなくたっていいじゃん」

「そりゃ驚きますよ！　いやむしろ、ちょっと引いてます……」

「師匠に対して真面目に引くな」

「だって、普通は魔竜なんて食べませんって」

私とイルーシャがこうしてヤイヤイ言い合っていると、エイハムさんはポンッと手を叩いた。

彼は深刻な表情から一転して、人懐っこい笑みを浮かべて言う。

「気に入った、それでこそ冒険者だ！　魔竜なんぞ、食ったれ！」

「うん、食べちゃおう！　今のうちに調理法を考えておかなきゃね！」

「あーもう、ララート様は本当にお気楽なんですから！」

呆れたように額を手で押さえるイルーシャ。

お気楽上等、二度目の人生……いやエルフ生なんだから楽しまないと。

その上で邪魔なものがあるなら、帝国だろうが魔竜だろうがみんなまとめて叩き潰す！

これが今の私、ララートさんのスタイルなのだ。

「俺からの話は以上だ。時間を取って悪かったな」

「別に時間はあるからいいよ。むしろ、これからどうしようかって思ってたとこだし」

「今回の依頼で、たくさんお金も入りましたからね」

まだいくらかは聞いていないが、ドラゴン討伐の対価である。

間違いなく、しばらく生活に困るような金額ではないだろう。

せっかくだし、ここらで少しのんびりしようとか考えていたのだ。

するとマスターは、ほほうと頷きながら言う。

「お前さん、さっきから話を聞いてると食道楽だろう？」

「まあね。食べるの大好きだよ、特にお肉！」

「ははは、エルフの癖に肉好きとは珍しいな！　だったら、マーセル王国にでも行くといいかもしれねえな」

「何か有名なの？」

「ああ。あそこには魔境があってな。珍しいモンスターがわんさかいるんだ！」

「……行かなきゃ!!」

そう言われたら、行くっきゃないっしょ！

珍しい食材たちが、お肉が、私を待っている！

私は居てもたってもいられず、すぐに執務室を出ると旅立ちの準備を始めるのだった。

閑話…ララートさんのエルフ鍋

「イルーシャー、ご飯まだー？」

「ちょっと待ってください。材料が出てこなくて……」

里を追放された日の夕方のこと。

夜に備えて森で野営をすることにした私たちは、さっそく食事の準備をしていた。

が、困ったことにそれがなかなか進まない。

というのも、イルーシャがマジックバッグの中からちっとも材料を見つけられないのだ。

「もう、全然見つかりません！　ララート様、いったいどういう詰め込み方をしたんですか！」

やがて怒ったイルーシャが、休んでいた私にズンズンと詰め寄ってきた。

いや、どういう詰め込み方って言われても……。

「食材の入った袋をガサッと」

「そのまま、他のものと一緒にですか？」

「マジックバッグの中なら潰れないいし」

私特製のマジックバッグの中なら、物は潰れないし腐ることもない。

なので、食材の入った袋を直接入れたって特に問題はないはずなのだ。

しかし、イルーシャはやれやれと大きなため息をつく。

「ララート様、里を出るにあたって家の物はほぼ全部持ってきたんですよね?」

「そうだよ。そのためにわざわざマジックバッグを作ったんだし」

「おうち一軒分の荷物をどさーって詰め込んだら、簡単に取り出せるわけないじゃないですか!」

「あ、言われてみれば」

あの有名な猫型ロボットのポケットみたいなノリでぽいぽいしたけど……。

考えてみれば、マジックバッグには入れてあるものを検索するような機能はない。

……どうやら私は、汚部屋ならぬ汚バッグを意図せず作り上げてしまったらしい。

「ララート様~!! なんてことしたんですか~~!」

「天才大魔導師といえども失敗はあるのだよ、うん」

「家事に関しては毎日が失敗じゃないですか!」

んぐぐ、痛いところを突きおる……!

この一週間ほどで、師匠に対する尊敬ゲージがかなり下がってきているのを感じるぞ!

「ううー、フェル! イルーシャがいじめるよー」

「わん、わん！」

私が抱き着くと、フェルは暑苦しいとばかりに腕からすり抜けて行ってしまった。

その眼からはどこか、恨めしいような感情が見て取れる。

むむむ、フェルのやつ……ブラッシングを忘れたことをまだ恨んでるな……。

「……とにかく、マジックバッグは後で整理してくださいね」

「はーい」

「問題はそれよりお夕飯ですよ。今のところ、取り出せた材料はこれだけです」

そう言ってイルーシャが見せてくれたのは、野草と果物が少し入った袋だった。

もともと草食系のエルフとはいえ、なかなか厳しい感じである。

せめてメインとなる穀物があれば話は違うんだけど、それもなしだとお腹が膨れない。

「調理器具は？」

「お鍋と包丁だけですね」

そう言うと、イルーシャはほいっと黒い鍋を取り出して見せた。

うーむ、そろそろお腹もすいて来たし……今日は鍋料理にでもしますか。

「んじゃ、今日は久々にエルフ鍋にしようか」

「おお、ララート様の得意料理ですね！」

「鍋を得意料理って言われるの、何だか複雑な気分だけど」

エルフ鍋というのは、野菜や野草を柑橘系の果物でさっぱりと味付けした鍋料理である。

味としては、柚子塩とかそんな感じのイメージだろうか。

記憶を取り戻す前の私が大好きで、よくイルーシャと一緒に食べていたものである。

「ええっと、まずはお湯を沸かして……」

近くにあった石を使って、簡易的なかまどを作った。

そして掌で炎を作ると、鍋の下へと滑り込ませる。

ふふふ、私の手にかかれば薪などもはやいらないのだよ。

「お次は沸騰しないうちにコブブの葉でお出汁《だし》を取って……」

独特のヌルリとした感触がある黒い葉っぱ。

それを熱湯に何度か潜《くぐ》らせると、たちまちふわっと良い香りが漂ってくる。

「よし、具を投入！」

しっかりお出汁が取れたところで、メインとなる具材を一気に入れる。

と言っても、ほとんど野草なんだけれども。

ほんとは豚肉でも入ってたら最高なんだけどなー！

せめて大根や白菜でもあってくれれば全然違ったんだけど。

まあ、無いものねだりをしても仕方がない。

「最後はズーユの輪切りを入れて、……」

さわやかな香りがする黄色の果物。

こぶし大ほどのそれを手に持つと、包丁でササッと輪切りにしていく。

まな板を使わないのはちょっと横着だが、無いものは仕方がない。

ははは、この包丁さばきをとくと見よ！

「……安心しました、お料理はできるんですね」

「もちろん。というか、面倒なだけで他のこともできないわけじゃないから」

前世の頃から、お料理は嫌いじゃなかったしね。

数少ない趣味の一つにご飯があったので、家でたまに美味しいものを作っていた。

会社員の給料では、ちゃんとした外食にはなかなか行けないしねえ。

そんなことを思っている間にも、鍋の水面は輪切りになったズーユの実でいっぱいになる。

「あとは塩で味を調えて、完成！」

こうして出来上がったエルフ鍋は、何と形容すればいいのだろう？

鍋というよりは、具だくさんのスープとかそういった感じの見た目だ。

味見で一口すすってみると、柑橘系のさわやかな風味と野菜の甘みで何とも優しい味わいだ。

ちょっと塩を多めに入れておいたのも利いていて、けっこう病みつきになりそう。

今世の私が大好きだったのもよくわかる。

「ふふ、我ながら完璧！　ほら、イルーシャも食べて」

「ありがとうございます！」

さっそく、鍋に入っていた野草をモシャモシャと食べるイルーシャ。

たちまちその眼がきゅーっと幸せそうに細められる。

「これこれ、この味ですよ！」

「イルーシャはほんと、エルフ鍋好きだよね」

「ララート様もそうじゃないですか」

「まあね。はい、フェルの分もあるよ」

少し深めの平皿に、鍋の中身をたっぷりとよそってフェルの前に出す。

たちまち、フェルは尻尾をブンブンと振りながら嬉しそうに食べ始めた。

「わん、わん！」

「いっぱい食べて立派な精霊獣になるんだぞー」

私たちを運んだことで、よっぽどお腹が空いていたのだろう。

フェルはあっという間に皿の中身を食べ切ってしまった。

そして催促するように、空っぽになった皿を足でパシパシと叩く。

「わうぅ……」

「あー、今日はずっとフェルに乗ってましたもんね」

「よしよし、何かないか探してあげよう」

こうなっては、他に鍋に入れられそうなものがないか探すよりほかはない。

私はマジックバッグを手にすると、手当たり次第に中身を出していく。

「むむむ、魔導書ばっかり……！」

「そりゃそうですよ、ララート様の家は本ばっかりでしたもの」

「ええい、適当に出してりゃそのうち何か出るでしょ。おりゃあああああっ！」

「あ、ちょっと！」

マジックバッグの中にあるものを、手当たり次第に並べていく。

さっきイルーシャに指摘されたことではあるけど、ほんと我ながらいろいろ詰め込んだなぁ。

己の無計画さに自分でも少し呆れていると、やがて小さな木箱が出てくる。

「何だろこれ？　あっ！」

木箱の中には干し野菜のようなものが何本か入っていた。

その見た目は朝鮮人参によく似ている。

はて、これはいったい何だったたっけ？

改めて木箱を見てみるが、困ったことに紙が剥がれたような跡だけが残っている。

たぶん、適当に放り込んだときにラベルが剥がれたんだな。

「イルーシャ、これ何か覚えてる？」

「いや、私はさっぱり……。ララート様の方こそ、記憶ないんですか？」

「そう言われても、わたしゃいい歳でねえ」

「エルフはボケませんよ！」

すかさずツッコミを入れてくるイルーシャ。

まあいいや、たぶん薬の類だろうからちょっと試食してみよう。

それでまともな味だったら鍋の具にすればいい。

私は乾物の先っぽの部分を包丁で切り取る。

「んん？　なんかいま声がしませんでした？　人の声っぽいのが」

「きゅ、急に変なこと言わないでよ。怖いなぁ」

時刻はいつのまにか夜。

日も暮れて、辺りはすっかり暗くなってしまっていた。

森で暮らすエルフといえども、普通なら家に戻って寝ている時間である。

そんな暗い森で人の声って、なにそれこわい。

魔法が使えるようになっても、幽霊とかホラー系は苦手だ。

「いや、ほんとに声が聞こえて」

「獣の鳴き声じゃない？」

この大森林には、たくさんの獣が住み着いている。

そのどれかが人間っぽい鳴き声を発したとしても、まったく不思議じゃない。

現にさっきから、ホウホウという鳥の鳴き声とかは聞こえているし。

「あむ……！　ん、いける！」

野菜の乾物を食べてみると、思いのほか、味がしっかりとしていて美味しい。

野菜独特の優しい甘さが、乾物になることで凝縮されているようだった。

見た目的に薬っぽい味かもと心配していたが、これなら大丈夫そうだ。

お出汁で煮れば、さらに味わい深くなりそう。

「……何ともないですか？」

「うん。イルーシャも食べる？」

残った乾物の切れ端を、イルーシャに差し出した。

すると彼女は、ぶんぶんと首を横に振る。

あれだけ野菜大好きなイルーシャが、まったく珍しいこともあったものだ。

「結構美味しいのにー」

「ララート様こそ、これほんとに鍋に入れるつもりですか？」

「もちろん！　美味しく煮上がるのが楽しみだよ」

「でも、さっきの声ってその乾物から……」

「どぼーんっ！」

イルーシャが何か言い終わらないうちに、私は野菜の乾物を鍋にダイブさせた。

あとはじっくりことことと、美味しく仕上がるのを待つばかり。

「わんわん！」

「フェルも楽しみだねぇ」

「わん、わんわん！」

「いや、フェルは何かに警戒しているようですけど……」

私にじゃれついてきたフェルを見て、イルーシャは不安げな顔で言った。

もう、さっきから本当に心配性だなぁ。

そうはいっても、他に食べられるものもないんだし仕方ないじゃん。

「そんなに心配だったら、イルーシャが森でフェルのご飯を取って来てよ」

「え？　いや、そんなこと言われても……」

焚火の光が届かない森の暗がり。

それを見て、イルーシャは怯えた様子で身を小さくした。

既に一流の魔導師でいい腕前があるのに、この子も割と怖がりなんだよなー。

いやまあ、私もホラー系はダメだけど。

ゾンビとかなら殴ればいいと思うけど、幽霊はダメなタイプの人だ。

「じゃあ、文句を言わないでよ」

「むむむ……！　元はと言えば、ララート様がちゃんと整理整頓しておかないのが悪いんですからね！」

「それはわかってるって」

プンスカし始めたイルーシャをそう言って宥めると、お鍋をゆっくりとかき混ぜる。

ズーユの実のさわやかな香りに混じって、ほのかに甘い匂いがし始めた。

そして段々と、からからに乾いていた野菜の乾物が膨らんでいく。

「おー、スポンジみたい！」

「何ですか、それ？」

「こっちの話。それよりほら、だいぶ大きくなった！　色もちょっと戻って来たね」

いつの間にか、白く変色していた野菜の乾物が本来の色を取り戻していた。

とても鮮やかなオレンジ色である。

最初に朝鮮人参みたいだと思ったけど、今ではもうすっかり普通の人参みたいである。

鍋に浮いている野草よりは、かなり食べ応えがありそうだ。

「この形、どこかで見たような気がするんですけど……」

「え？　そりゃ、うちの畑でも人参は育ててるからね」

「そうじゃなくて。ほら、そこの部分の顔っぽいところとか」

そう言うと、野菜の真ん中あたりを指差すイルーシャ。

言われてみれば、ちょっと顔っぽいような気もする。

でもこのぐらい、自然にある範囲じゃないかな。

「気にしすぎじゃない？　さっきからちょっと変だよ」

「なんか嫌な予感がして。うーん、その乾物に嫌な思い出があるんですけど、思い出せそうで思い出せないというか」

「野菜の乾物に嫌な思い出って。おばちゃんに無理やり食べさせられたとか？」

イルーシャの母は気立てのいい女性ではあるが、なかなか厳しいところがある。

好き嫌いなんてしたら、無理やりにでも食べさせるタイプの人だ。

するとイルーシャは、そうじゃないと首を振る。

「いえ、私は好き嫌いなんてありませんから！　そうじゃなくて、ララート様と一緒の時に……」

「はて、私はそんな覚えがないんだけどね」

そうこう言っているうちに、野菜の乾物がしっかりと煮上がった。

私はそれを一本ずつお皿によそうと、イルーシャとフェルに手渡す。

「さあ食べよう。いっただきまーす!!」

私は待ちきれないとばかりに、野菜の乾物を口に放り込んだ。

そして歯で噛み切ろうとした瞬間――。

「ぐぎゃあああああっ！！！！」

突然、口の中で何かが爆発した。

いや、これは……悲鳴!?

野菜の乾物が絶叫して、口の中で何やら蠢いている！

「お、思い出しました！　それ、マンドラゴラの乾物ですよ！」

薄れゆく意識の中で、イルーシャがハッとしたような顔で告げた。

マンドラゴラ……！

そう言えば、大樹の根元に生えてしまっていたのを長老の依頼で引き抜いた覚えがある。

その後、仮死状態にしたものを乾燥させたのだ。

百年も経てば、完全に死んで安全になるはずだったのだけど……まだ早かったらしい。

「あ、危うく死ぬかと思った……！　流石に死にかけで弱ってたみたい」

危うくあの世が見えたところで、私はどうにかこっちに戻ってきた。

いやぁ、流石に口の中でマンドラゴラの叫びが炸裂すると強烈だわ。

うんうん、今後は気を付けないと……。

私がしみじみと頷くと、イルーシャが何やらすごい顔でこちらに迫ってくる。

「……お片付け、してくださいね？」

「うん、明日するよ」

「今から、してくださいね？」

こちらにズズイッと詰め寄ってくるイルーシャ。

あ、眼がめっちゃマジだ。

これは、師匠だろうと関係なくやらせるという意志を感じる……！

「……う、うん！　するする！」

こうして私は、旅の初日の夜をマジックバッグの整理整頓に費やすのだった。

あとがき

皆さまはじめまして、著者のkimimaroです。まずは本書をお手に取っていただき、ありがとうございます。

あとがきではいつも何を書こうかと困ってしまう私なのですが、今回に関してはいろいろと書きたいことがございます。と言いますのも、ちょうど本書の刊行される二〇二四年の十二月二十六日。これがぴったりとデビュー十周年に当たる節目の時なのです。

あれは、二〇一四年になってすぐの頃だったでしょうか。当時大学生だった私は、就活の息抜きに『小説家になろう』様にてウェブ小説の執筆を行っていました。その頃の私はいわゆる現代異能バトルと呼ばれる作品群が好きで、書いていた作品もそういった類のものでした。異世界転生系が全盛だった当時の『小説家になろう』では、比較的マイナーなジャンルの作品だったかと思います。

ですが、私には妙な確信がありました。まだウェブ小説家としてヒット作を出したことすらなかったのですが、この作品はランキング上位になるだろうと思えたのです。そして実際に、書いたものは上位となりました。あの時の感覚は今でも覚えています。興奮というよりも、ある種の安堵に近いと言えばいいでしょうか。報われたな、といった比較的静かな感覚だったように思います。

それから三週間も経たないうちに、運営様からメッセージが届きました。オタク的な斜に構えた性格をしていて、無感動なところのある私なのですが、この時ばかりは非常に驚きました。出版社から連絡が来るなどという出来事が、実際に起こるとは思っていなかったためです。夜にメッセージボックスを確認して、何度も何度も読み返したのは懐かしいです。しかもありがたいことに、その作品にはその後もいくつかの出版社様からの打診がありました。

当時はいわゆるなろう系が全盛期を迎えており、出せばほぼ間違いなく売れるという、今となっては信じがたい状況でした。

そのため私は、複数の出版社様から打診を受けた段階でほぼ勝利を確信しておりました。どんどん売れて重版して、印税ががっぽり入ってくるだろうと。そして捕らぬ狸の皮算用もいいところですが、本を売り出す前からワンルームマンション投資などについて調べていました。アニメ化した際の声優の妄想などを通り越して、資産運用をどうするかなどと考えていたのです。

こうして迎えた、忘れもしない十二月二十六日。私は本屋で自著の存在を確認し、さらにその日はずっとランキングサイトに張り付いておりました。当時はライトノベルの売上がリアルタイムに分かる本屋さん運営のランキングサイトがございまして、時間がある時はずっとそこを見ていたのです。私は本が売れたらそれ一本で生きていく気満々でしたので、それはもう必死でした。

しかし、残念ながら私の作品は売れませんでした。発売から一週間ほどが過ぎたところで売上が芳しくないという連絡が来て、それはもう落胆いたしました。当時のなろう作品はほぼ売れていて、だいたい三巻ぐらいまではみな出ていたのです。私と同時期に出版された作品も、だいたいそれぐらいは売れていたように記憶しております。その環境で売れなかったことは大変ショックで、あの時は本当に書くことをやめようかとさえ思いました。新人賞作家と違ってウェブ小説家にはパーティなどもなかったので、当時の私には作家仲間などといった存在もおらず、一人で延々と悩んでいたのを覚えています。

ですが結局、私は書くのをやめませんでした。いえ、正確には書くことしかできない類の人間でした。こうして書き続けて、いつの間にか十年。デビューから現在までに、コミカライズなども含めて三十冊以上の本を世に送り出すことが出来ました。途中、なかなかヒット作が生まれずに苦しい時期などもございましたが、最近ではそれなりの人気作を出すことも出来ています。まさに継続は力なりと言ったところでございましょうか。我ながら、自分が十年生き残る作家となれるとは思っていませんでした。

十年越しにデビュー作と同じ発売日で売り出される本作には、やはり著者として運命を感じます。

残念ながら売上の芳しくなかったデビュー作に代わって、本作がたくさん売れてくれればこれほどうれしいことはございません。読者の皆様には、ぜひぜひお手に取ってお買い上げいただければと思います。

最後に、本書にかかわった関係者の皆様に感謝を申し上げます。そして出来れば本シリーズが長く継続し、皆様とも長いお付き合いとなりますことを祈っております。

二〇二四年　十一月

GC NOVELS

ぐうたらエルフののんびり異世界紀行 1

A lazy elf's leisurely journey in another world

2025年1月3日　初版発行

著者　kimimaro
イラスト　nyanya

発行人　子安喜美子
編集　野田大樹
装丁　AFTERGLOW
印刷所　株式会社平河工業社
発行　株式会社マイクロマガジン社
URL:https://micromagazine.co.jp/

〒104-0041
東京都中央区新富1-3-7　ヨドコウビル
TEL 03-3206-1641 FAX 03-3551-1208（営業部）
TEL 03-3551-9563 FAX 03-3551-9565（編集部）

ISBN978-4-86716-696-3 C0093

本書は小説投稿サイト「小説家になろう」(https://syosetu.com/)に掲載されていたものを、加筆の上書籍化したものです。

「美人でお金持ちの彼女が欲しい」と言ったら、ワケあり女子がやってきた件。
モンスターの肉を食っていたら王位に就いた件
クラスメイトの元アイドルが、とにかく挙動不審なんです。
魔女と傭兵
素直に、面白い
GCN文庫
最新情報はコチラ!
https://gcnovels.jp/gcnb
ハブられルーン使いの異世界冒険譚
放課後の迷宮冒険者 ～日本と異世界を行き来できるようになった僕はレベルアップに勤しみます～
フェアリー・バレット ―機巧乙女と偽獣兵士―
世界で一番『可愛い』雨宮さん、二番目は俺。
毎月20日頃発売

GC NOVELS
GOT A CHANCE
追放された辺境の村で
生産チートのスローライフ！